月から一石

地球で月も考えた
「生命も経済も元気になる未来」

桑田泰秀
Kuwata Yasuhide

One stone from the mo

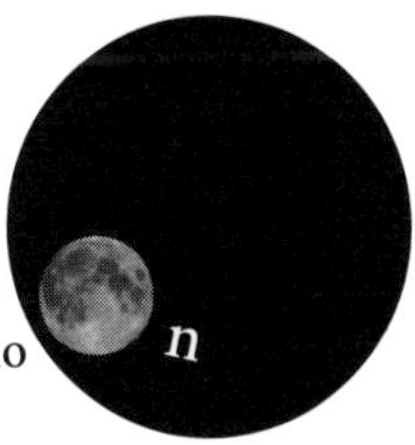

あけび書房

失われた無念の命のために
苦しんでいる命のために
生まれくる命のために
命ある喜びのために

はじめに

この作品は主に「命」と「お金」のあり方を問うものです。すべてはつながっているという世界観に基づくので、「労働」や「教育」やその他いろいろ欲張って詰め込んでいます。問うだけでなく異星の解答例もお付けしました。「戦争」や「核兵器」をなくす方法も。

ともすると硬くて眠くなりそうな内容かもしれませんが

- 身も蓋《ふた》もない「**超お急ぎコース**」（あらすじ）
- 忙しい人やイライラする人のための「**お急ぎコース**」
- できればじっくり読んで吟味していただきたい「**通常コース**」

以上、3コースに分けてご用意しました。

おすすめは「**通常コース**」ですが、しんどくなる、眠くなる、むかつき、ほてりなどの症状が現れた場合は途中からでもコース変更は可能です。無理をなさらず、ご自分のペースでご体験ください。

もくじ

超お急ぎコース（あらすじ）

1
地球の華やかさに憧《あこが》れていた月は地球に旅をします。といっても、月丸ごとではなく、一つの石のかけら（以下、月）として。月は、ちぃ（16歳の少女）の声を聞きます。ちぃは、手遅れの盲腸（虫垂炎）で瀕死《ひんし》の状態です。ちぃは、地球の象徴でもあります。

2
月は地球に来る途上で、布石となる「ねずみの通り穴」の奇妙な夢を見ます。これは、「悪」の出所《でどころ》（どこから出てくるか）と「悪」の根深さを象徴しています。

3
ちぃは、病院の廊下で苦痛に耐えながら、月に第一の問いをぶつけます。

- **命が尊いって本当だろうか？**

月には姉（以下、姉月）がいて、月より以前に地球に行ったことがありました。

ちぃの問いが手に負えないと思った月は、姉月にヘルプを求めます。

姉月は、ちぃの問いに懸命に答えようとします。姉月は、先生に扮《ふん》し、月面上の学校を舞台にして地球に生まれゆく子どもたちと犬のポチ（実はちぃの分身）に精一杯の授業をします。広大久遠の宇宙にあって地球も人間も奇跡そのものであることを、その裏付けの断片を事細かに盛り込みながら伝えようとします。

しかし、細かすぎて眠くなったポチが席を外しているとき、ポチは、ちぃから第二の問いを言付《ことづ》かります。

- **なぜ悪があるのだろう？**

ポチが再び戻ってみると、そこに姉月の姿はなく、代わりにポチに宛てた書き置きがありました。

4　書き置きは

①生命と悪について　②戦争について　③子どもたちについて

姉月が思うところを記したものでした。

ポチは、姉月に他の星ではどうだったのか？　と尋ねます。

5 姉月は、三つの星の例を持ち出します。

一つめの星は、星も住人も地球そっくりで、迷走の果てに自滅した星の例。

二つめの星は、元々、星として好条件が揃《そろ》い、住人も天使のような人間だけが住む楽園のような星の例。そこは、貧困も病気も戦争もない世界。しかし、星としての好条件や人々の先天的な好条件に恵まれなければ、そんな世界は不可能なのでしょうか？

三つめの星は、一つめの星と酷似しながらも、破滅寸前から自力で脱皮した星の例。

その脱皮のありさまをこの星に住むおっちゃんとニワトリのタマ子が、異星の人々に向けた独占インタビューで紹介します。

・タマ子は、フクロウのフクちゃんから聞いた嘗《かつ》てのニワトリたちの惨状を伝えます。
・おっちゃんは、あらゆる社会問題の背後にあったお金の経済の仕組みをひも解きます。
・おっちゃんとタマ子は、脱皮後の世界に点在する「循環センター」に向かう途中で、スーパーに寄ります。店内で出会ったおばちゃんに協力してもらい、お金の流れを健全にしていった過程を説明します。
・そこへ、銀河各地から質問が押し寄せ、おっちゃんとタマ子が答えていきます。心身を健康にし、犯罪を激減させ、戦争や核兵器をなくす手立ても示します。
・たどり着いた循環センターで、センターの目的や仕組みを案内します。

6　付け足し

一方、地球を目指していた月は大気圏突入に失敗していました。ちぃと離れ、地球で七転八倒した月が月本体に帰らねばならなくなった日、大人になったちぃが手土産を持って見送りに現れます。手土産には月が本当に伝えたかったことが詰まっていました。

（おわり）

これより「**通常コース**」と「**お急ぎコース**」が同時に始まります。

「**お急ぎコース**」の人は、文頭が大きく下がっているところを読み飛ばしてください。

1 月の分身

月が物心《ものごころ》ついた頃には、地球はたっぷりの水と大気に包まれ青々としていました。

地球には、草木が茂り、色とりどりの花が咲いては散り、また咲きました。小さな虫が地を這《は》い、大きな虫がその上を飛びました。水中に、地上に、空中に、へんてこな生き物が生まれては消え、また生まれました。

一方、月は、いつまで待っても何の変わりもなく、そのでこぼこの表面は、熱すぎるか冷たすぎて、どんな小さな命さえそこに芽生える気配はありませんでした。

月は、地球の華やかさとは対照的に、自分が陰気な色合いで、何の役にも立たず、誰からも必要とされていないと思っては、度々《たびたび》じんわり切なくなりました。まぶしいほどに美しくて、生命の営みがあって、それを、おおむね柔らかな気候で包む地球が、月はうらやましくてたまりませんでした。

ときどき月は、地球に話しかけてみました。

「おはよう、地球さん、ごきげんいかがですか?」

しかし、地球は何も応えてくれませんでした。

「こんにちは、地球さん、そっちは景色も生き物もにぎやかでいいですね」

やはり、地球は何も応えてくれませんでした。

「こんばんは、地球さん、いっぺん月と交代してみない?」

それでも、地球は何も応えてくれませんでした。


月がどんなことをいつ何度語りかけても地球はかたくなに黙ったままなので、月も黙ってしまいました。黙ってはいても、月は地球のことが気になりました。わき目もふらず地球に正対する月は、地球がいつも長閑《のどか》なわけではなく、酷《むご》い一面を抱えていることも知りました。ときに猛烈な寒さが、ときに灼熱《しゃくねつ》が、大地と水面を覆い尽くしました。暴れ狂うマグマが噴き出しては有らん限りの地上を一変させました。じりじりと陸地が海に沈み込み海底が山の上に登りつめました。草木は野辺に拡がりかけては葉ごと根ごと枯れ、鳥や魚たちも群れごと種《しゅ》ごと息絶えることもありました。宇宙から飛び込んで来た巨大な塊《かたまり》がほとんどの生命を飲み込んでしまったこともありました。

それでも逞《たくま》しく生き残った生き物たちは、形を変え生きざまを変えて、この星に生命をつないでいきました。月はポツンと浮かんで相変わらず話し相手もなく、見つめるその先の地球もまた、黙々と自転しながら太陽の周りを回り続けるばかりでした。
太陽も満天の星も銀河を巡《めぐ》り、銀河は大宇宙を巡り、時は曜日も祝日も刻むことなく延々と流れ、……やがて命のゆりかごが一揺れし、地表に彼らや彼女たちの営みが静かに始まりました。

月は人間の営みを見て、ドキドキしました。
人間は洞窟《どうくつ》に住み、洞窟を離れ、木や石で家を作って住みました。
人間は狩りをして兎《うさぎ》や猪《いのしし》を捕まえ、豚《ぶた》や鶏《にわとり》を飼いました。
人間は動物の皮をはぎ、布を織ってまといました。
人間は石に文字を刻み、紙を抄《す》きました。
人間は土に種を蒔《ま》き、日照りや寒さに苦心しながら、麦を育て収穫しました。
人間は、鶏と麦を交換し、米をため込み、やがてお金を発明しました。
人間は木や土や石で像をつくって、それにお供えをして拝みました。
人間は人間どうしで戦《いくさ》をしました。石と、こん棒と、弓や刀と馬で。

月にとって人間はすぐに特別な存在に映りました。魚のようには自由に水中を泳ぎまわれなくても、鳥のようには体ひとつで空を飛べなくても、人間はかしこく知能を働かせ、器用に手足を使い、何十年も生きて、ものすごい勢いで地表をつくりかえていきました。人間は海岸を埋め立て、工場を建て、株式を発行して、議事録を残しました。人間は戦争をしました。銃と、戦車と、軍艦や戦闘機とミサイルで。

戦争で人間は片腕や両足をなくしたり死んだりしました。戦争に参加していない子どもたちもおおぜい死にました。

戦争をしていないときには、戦争への備えを怠りませんでした。

人間の仕事の多くは、「ビジネス」として発展しました。それも形を変えた戦争の一面がありました。仕事は人間を成長させることもあれば不具にすることもありました。人間は、次々と新しいことを考え出し、美しいものや楽しいことも地球からこぼれ落ちそうなほどたくさん産み出しました。大人は子どもを、子どもは大人を助け、大人同士、子ども同士でも助け合いました。その逆のこともまた、そこらじゅうにあふれていました。

月は、人間のすることが難しすぎて付いていけませんでした。どこまでがいいことなのか悪いことなのかも、わかったようでわかりませんでした。

月は、人間のすることがよくわからないけれど、それでも、何もない月の表面よりは、地球のほうがずっといいような気がしました。

月はまた、地球に語りかけてみました。

「もしもし、地球さん。何のためにこんなにかしこい人間が生まれてきたんですか？　イルカヤチンパンジーまでなら、海も山もずっときれいでいられただろうに。それだけでも聞かせてくれませんか」

しかし地球は、やっぱり黙りこくったままでした。月はいたたまれなくなりました。

それならいっそ、地球を直《じか》に確かめてみたい、と月は思うようになりました。

ある月夜のことです。月は、地球に行ったらやってみたいことを何度も復唱しながら旅支度《たびじたく》を調《ととの》えると、よいしょと体をゆすりました。

すると、地球のほうから、かすかな声がしました。

「来たらあかんで」

月はびっくりしました。あんなに頑固《がんこ》に黙り続けていた地球が話す気になってくれたのでしょうか。そうではありませんでした。地球本体はやっぱりだんまりでした。

「お月さん、こっちに来たらあかんで。なんでか言うたろか。あのな、お月さんな、自分では何の役にも立ってへんって思てるやろ。それが違うねん。お月さんな、ちょうどいい重さで、ちょうどいいとこにおって、地球を引っ張ってくれてんねん。

地球は24時間で1回転してるんやけどな、もしも、お月さんがそこにおってくれへんかったら、地球の回転速度や回転軸とかが極端に変わってしまうらしいねん。そしたら、風や温度が落ち着きなくして異常気象どころじゃなくなるらしいねん。そしたら、たぶん人間も動物たちも生きていかれんようになる。だから、お月さんがそこにおるってことは、それだけでもすごいことやねんで。自分で気づいてないだけやで」

「それにな、お月さんは知らんと思うけど、地球から見あげるお月さんは、結構イケてるねんで。雲に隠れたり出てきたり、上弦に下弦、新月に半月に満月と表情も豊かに変化するしな。それやのに、その控えめで素朴なところが、私は好きなんやけどな」


月はまた一層びっくりして、瞬《まばた》きして、うれしくもなりました。

月は、ことばも出ないまま、地球のほうに身をのり出そうとしました。

「せやから、来たらあかんて。自分がどうしたらいいか、よう考えて行動してみ」

というふうに、月は、誰かに褒《ほ》められ怒られ、地球が半回転する間（一晩）よく考えてから、月本体はそこに残したまま、月の分身《ぶんしん》を地球に送ることになりました。


「こんにちは、僕は月です。これから地球に向かいます。といっても、月ごと地球に行ったらご迷惑みたいなので今回は欠片《かけら》だけで行かせてもらいます。いいですか？」

「まあ、ええけど、お月さん、何しに来るん？」

「それなんですけど、月内部でよく思い出してみたら、僕のねえちゃんが少し昔に地球に行ったことが判明しました。ねえちゃんも月の欠片です。

ねえちゃんは何しに行ったのかというと、それがはっきりしませんでした。なんでも、ねえちゃんが着陸したところは竹藪《たけやぶ》で、青竹の筒の中にじっとしているところを見つけてくれた親切なおじいさんとおばあさんに大切に育ててもらい、年頃の別嬪《べっぴん》さんになると、世の人々にさんざん、ちやほやされて、結局何しに行ったかもわからずに、月に出戻りだったみたいです。僕は違います。どうせ行くなら目的をはっきりと持って行くんです」

「へえー。どんな目的なん？」

「それなんですけど、今はまだ、はっきりしていません。というか、わかりません。いろいろやってみたいことがあって、何かもやもやしているものもあるんだけど、ことばでは説明できないというか…。これからはっきりさせるつもりです」

「なんや、結局、わからんのかいな。まあ、いいわ。そんなもんかもしれんしな。無理してはっきりさせんでもええで。無理にはっきりさせようとして自分らの首を絞めてることが結構あるみたいやからな、大人の世界では」

「それはどうもすみません。ところで、あなたは誰ですか？」

「私な、盲腸（虫垂炎《ちゅうすいえん》）が手遅れで、やばそうやねん。『まあ、死にはせんやろ』と、誰かが言うてたようやけど、自分では何かもうあかんような気がしてるねん」

「私、3日前からお腹が痛くなってな、我慢しとったら、2日前にはもう我慢できんほど痛くなって、家の人に言うたら『我慢せえ』言われて、我慢しとったら、もっと痛くなってきて天井が回って、昨日、診療所に連れてってもらって、そしたら『腸カタルやね』と診断されて、これが間違いやってんけど、もっともっと痛くなって夜通し天井がぐるぐる回って、お月さんの声が確かに聞こえだしたんよ。前からお月さんのひとりごと、気になってたんやけどな。

それで今朝、もう一回、診療所に行ったら、『盲腸みたいやね。外科のある病院に行ってくれてか』と言われて、この病院に連れてきてもらったら、手術は一杯、病室も満杯で、何かの注射して、こうやって廊下に長椅子で臨時ベッドを作ってもらって、手術を待っとったら、さっきから、お月さんの声がもっとはっきり聞こえてきたんやわ。私、朦朧《もうろう》としてて周りの人の言うてることは、ほとんどわからんのに、お月さんの声だけはっきり聞こえるんやわ。やっぱり、やばいってことかな」

「それは、やばいかも。よし、それなら僕が助けてやる」

「そんなあほな。お月さんに助けられるわけないやん」

「そうかも。でも、じっとしてても何も変えられないし。ところで、あなたは誰なのか、もっと詳しく教えてくれませんか」

「私な、もうすぐ17歳になる女子で関西南部に住んでるんやけどな、これ以上のことはプライバシーの侵害になるから内緒にさせてもらうわ。何かと物騒《ぶっそう》な世の中やしな」

「17歳というと、生まれてから17年生きたってことですか？」

「そうや、きまってるやん。お月さんは自分の年齢知ってるん？」

「知らないんです。そもそも生きてるわけでもなさそうだし」

「45億歳やったと思うで。結構お年寄りなんやね」

「うーん、それほど実感ないんですが。関西南部って何ですか?」

「それは、地球の中の日本という国の関西地方の南の方ってこと。住んでる場所のことやんか」

「それでは今からそこに行かせてもらいます」

「お月さん、まあ、ちょっと待ちいな。ほんまに来る気?」

「はい」

「あのな、お月さん、こっちに来るいうても、費用はあるの?」

「費用ってなんですか?」

「お金のことやんか」

「お金って?」

「お金も知らんの!? それやったら、もうちょい恥ずかしそうにしといたらどうなん? お金というのはな、人が品物なんかをあげたり、もらったりするときに、間に入ってその品物の仲立ちをするもんや。大昔やったら漁師さんが獲った魚とお百姓さんが採った野菜を取り換えっこしとったのを、物と物をいちいち取り換えっこせんでも、お金があったらそれで済むんや。わかる?」

「そのお金って、いつどこから出てくるんですか? 決まった日に決まった量だけ空から降ってくるようなものですか？　月にもひとつ分けてもらえますか？」

「何をあほなこと言うてんのかな？　空から降ってくるんなら世話ないやん。お金は国が発行するもんや。人が働いた分だけ、そこでお金も動くんや」

「国って？」

「国は国や。ここだったら日本や。国の銀行がお金を発行するんや。銀行や政府のえらい人たちがいつどれだけお金を発行するかとか決めるんや、たぶん」


「それにな、お月さん、こっちに来るいうても格好はどうするん？　首から上だけ月の石頭《いしあたま》というわけにはいかんやろ。名前かてどうするん？　そこらを決めとかんと、これを見てくれる人はイメージがわかんいうてそっぽ向いてしまうで」

「それなんですけど、『せっかく地球に行くのに石のままでは困るだろうから人間の格好で送り出してやろう』ということに、先ほど、月内部の月例会議で決まったんです。

僕は『どうせなら、格好良くて健康やいろんな環境にも恵まれて幸せな人生を生きたい』と希望を伝えたんですが、『それでは、ねえちゃんの二の舞になりそうだから駄目。おまえは人間社会の辛酸をなめて、人の痛みもうんと味わって、何でもいいからお役に立ってきなさい』ということで、あまりパッとしない格好にさせられたんです。しかも、地球に向かう途中でこわい夢をみるかもって言われました」

「年は45億歳というわけにいかんやろな。年齢不詳の地球外不法滞在者となったら、そら大変やろな。ほんならせめて、私がちゃんとした名前を付けたげるわ」

「月だけでいいです。ちゃんとした名前がないと駄目なんですか？」

「あかんことないけど、月だけでは何かと面倒なことになるんとちゃうかな、お月さんも周りの人も。まあ少々問題あっても、お月さんが自力で乗り越えていけるんならええか。いよいよのときは、月からお迎えが来てくれるんやろ。おねえちゃんのときみたいに。

　それより、お月さん。格好や名前だけじゃないで。こっちに来ようと思うたら、きっと身元保証人がいるで。私は無理やで。未成年やからな。パスポートやビザもいるで。なかったら、その申込み手続きがいるはずやけど、その手数料だけでも払えるの？　あと、税金とか何とかややこしいことが山のようにあるで、きっと」

「何にもないけど、何とかならないでしょうか」

「甘いなあ、お月さん。やっぱり、じっとしてたほうがええんちゃうかなあ」

「もう、そっちに向かっています。たぶん、明日には着きます」

「向かってるって、お月さん、どうやって来てるん？　何かに乗ってるん？　エンジンは何で動いてるん？」

「えっ、何のことですか？」

「ボディに何か書いてない？　ガスの噴射とか、電力とか、原子力とか」

「これかな？　想像力（または、◯◯）と印字されてるみたいですけど、◯◯のところはかすれてます」

「妄想《もうそう》ちゃう？　止め方はわかるん？　お月さん、お月さん、お月さん、お月さん…」

（**「お急ぎコース」**の方は、28ページへ大ジャンプ）

2 ねずみの通り穴

その一風変わった建物のようなところには照明も窓らしいものもなく、辺り一面どこまでも真っ暗闇《やみ》でした。月は不安でしたが、どこからともなく光が差し込み、取り留めのない話し声が聞こえてきたときには、自分ひとりではないことを知ってほっとしました。

月が人並みに空腹を感じたところ、すぐ傍《そば》にじゃが芋がにょきにょき生えてきました。月はじゃが芋を土から掘りおこし、泥を落とし、水に塩を少々入れ、火を焚《た》き、柔らかくなるまで皮ごと茹《ゆ》で上げて食べました。材料も道具も誰かが作った誰かの物であるはずでしたが、月にはそれがわかりませんでした。月は食べて、また別のほっとした気持ちになりました。次からは、じゃが芋の世話から茹で上げるところまでめいめいが自分の役割を受け持ち、働いてじゃが芋を食べました。

しかし困ったことに、せっかく収穫したじゃが芋が消え始めました。じゃが芋が消えることは飢えが待っていることを意味しました。

人々は初め遠慮がちに互いを疑い合いました。そこで、人々はじゃが芋に値段を付け、管理し、会議を開き、規則や罰則を決めて、様々な委員会や団体を作りました。そうこうするうちに本当にじゃが芋を盗む人も次々と出てきました。

今や誰もが競争社会に生きていることを自覚しました。週末には休める人々も、月曜日になると、互いの不信をこっそり確認し合って不機嫌になることもありました。大人たちの多くはイライラしながらストレスを抱えて働き、子どもたちも競争の原理に従って教育されました。「人においしいじゃが芋を食べてもらうことが自分の喜びで、そういう仕事をしていることが自分の誇りだったのに」と、誰かが試すように言ってみたら、10歳かそこらの子どもでさえせせら笑いました。

じゃが芋を曳《ひ》いていくねずみが最初に発見されたとき、その滑稽《こっけい》な姿がちょっとしたブームになりました。これに目を付けたある人がいち早く、『名物ねずみ饅頭《まんじゅう》』なるものを拵《こしら》え、商標登録し、製法特許を取得し、これを売って喜び、人々はこれを買って喜びました。『ねずみ饅頭でボロ儲《もう》け・私の成功の秘訣』なる本も出版され、その自己啓発セミナーとやらも開かれ、盛況でした。

「ねずみ饅頭を思いついた人はなんと立派な人だろう」と、人々は感心したり尊敬したりしました。中には「うまいことやりやがって」と成功を妬《ねた》む人々も少なからずいました。

人々は、ねずみが1日のうち、いつ頃最も活発に動き回りどこを通るか、事細かに観察したり、無数の足跡に関する情報を集めて、足の運び方とじゃが芋の色つやとにどんな関連性があるか、などと熱心に研究したりしました。そして、「何としてもじゃが芋をねずみから守らねばならない」と口ぐちに言い、どうにかして追い払おう、あわよくば捕まえよう、と様々な活動を繰り広げました。しかし、その小さくてすばしこい四足獣は、いつも決まって人の間をするりとすり抜け、どこかに身を隠したかと思えば、数分後にはまた、わがもの顔でそこらじゅうを走り回っているのでした。人々は困り果て、頭を抱え、途方に暮れました。

少しずつ月は、誰もがみな本当に困り果てているわけではなくて、むしろ幾分か、ねずみのことを楽しみにさえしているような気がしてきました。月のそんな思いは日ごと何かにつけて膨《ふく》らんでいきました。世の中に乗り切れず裏側に迷い込んだ月は、行くあてもなく建物の端っこを行きつ戻りつしていました。そのときふと、月はとんでもないものを見てしまいました。

月は見たのです、ねずみの通り穴を。折しも、ひとかけらのじゃが芋をくわえた1匹のねずみが軽い身のこなしで穴の中へ入っていったところでした。

月は、それ以来長い間、人には内緒で穴にぴたり合いそうな石を探し回りました。内緒にしたのには訳《わけ》がありました。月が石を探し始めた頃、「何をしているのか」と人に聞かれ、つたなくも思うままに答えたら、「考えが甘い」とか、「真剣さが足りない」とか、「変わった趣味ですね」とか、「あなたとは価値観が合わないの」といったことを決まって言われました。月はそのとおりかもと思っては何度も落ち込みました。それでも月は、見掛けの穴以上の何かがあることを感じていました。その何かを突き止めるために、月はあやふやなことを小出しにしてはいけないと思い知り、内緒にしたのでした。

不安と胸の高鳴りを交互に繰り返し、回り道と寄り道の果てに、月はある日とうとうそれらしき石を見つけました。月は石を拾うと逸《はや》る心を抑えながら穴に手を伸ばしかけました。すると、月の行動を何もかも予定して待っていたかのように、穴の向こうから得体の知れない不気味な声がしました。それがあまりにぞっとする響きだったので、月は手の中の石と一体化したように固まりかけました。

小さかった穴は月を丸呑《の》みしそうなほどに見る見る広がり、穴の中の奥知れぬ暗黒は月を完全に金縛りにしました。穴の向こうの声は冷たい響きをいくらか和らげ、妙に落ち着き払った調子で月に語りかけてきました。

「どうして皆と同じようにできないのだね？　皆と同じように笑ったり怒ったりしてその日その日を生きていくことが、こんな簡単なことが、なぜおまえにできない？　せっかく私が用意してやったものに何がおもしろくて逆らってばかりいるのかね？　おまえは私のかわいいねずみたちのことを悪者扱いするが、それこそ、とんだ筋違いだ。ねずみたちは人々に奉仕しているのだよ。

人々が何を一番恐れているか、おまえに見当がつくかね？　生きている間じゅう、心配の種ならここかしこに落ちている。病気もするし、けがもする。仕事や財産を失うこと、被《こうむ》るかもしれないあらゆる損害、飢え、寒さ、日照り、孤独、そしてもちろん、誰しも死が怖《こわ》かろう。しかし人々が一生を通して、つまり子ども時代から始まって年老いて死ぬ間際《まぎわ》までずっと、何より一番、恐れているものは何だと思う？　さあ何だと思う？

…それは『退屈』なんだよ。退屈って奴《やつ》が絶えず人々をくすぐるものだから、ねずみの需要が片時《かたとき》も途切れないわけだ。私の見立てに過ぎないがね。

人々にしてみれば、確かにねずみの害は無視できないだろう。ところが、1匹でもねずみが活躍すれば、少なくとも話題に事欠かずにすむ。不安や孤独を一時《いっとき》でも紛《まぎ》らすこともできる。ねずみが慰みになり、生活のアクセントになり、ねずみへの対応が様々な職業として人々の収入源にもなるわけだ。わかるかね？

穴をふさいでしまえばどうなると思う？　ねずみがいなくなって誰も彼もいい人になってしまったら、何もかもつまらないじゃないか、そうは思わないかね？　心待ちにしていたニュース番組にはドロドロした事件など皆無で、ほほえましい出来事や和《なご》やかな話題だらけになってしまう。無論、事故も災害もあるだろうし誰しも失敗するだろうが、どんな状況であれ、多少なりとも受け狙《ねら》いのような取り上げ方はされなくなってしまう。

それに、いいかね、本当にねずみがいなくなってしまったら、この世の中のどれほど大量の仕事がお払い箱になってしまうことか。辛《つら》くてもそこでがんばって働いてきた人たちはその後、どこで何をして生きていけばいいのだね？

　ねずみあってこそ、社会の仕組みや技術の進歩も着実に積み上げられてきたということが、悪徳が重なるほど文化も熟していくということが、この明白な事実が、どうしておまえにはわからないのだろう？　人々は、中でも世の中をゲームでも楽しむかのように生きていく人々は、大して意識することもなく、そこのところをよくわきまえているのだ。だからこそ人々は、この現実に自らの一生を当てはめ、ときには酔わせて生きていくことを選んだわけだ。だからこそ人々は、やっと確保できたまずまずの寝床でいつまでもまどろんでいたいのだ。少々寝心地がよくなくとも、たとえ怖い夢に時々うなされるとしても。

　それなのに、おまえは無理に人々を起こそうとしている。人々には要求が大き過ぎるとも知らず。挙《あ》げ句《く》にこのざまだ。おまえの小生意気な逆らいを許すわけにはいかないね。おまえの行く手には、この先もずっと、ただ苦しみだけを用意しとかねばならないね」


　月が振りほどくようにして我に返ったとき、さっきまでそこにあったねずみの通り穴が消えていました。ねずみは相変わらず走り回っているのに、どんなに探しても、一度見失ったねずみの通り穴を改めて見つけることはできませんでした。それに、手にしていたはずの石も今はなく、それどころか、本当にそんな石があったかどうかさえ、自信が持てませんでした。そうして、再び暗闇と沈黙の中に月は包まれました。

3 月の探求

「お月さん、お月さん…」

「お月さん、お月さん、お月さん…」

「お月さん、お月さん、お月さん、お月さん…」

ちぃちゃんがずっと何度も呼びかけてくれて、月に薄明かりが射しました。

「お月さん、大丈夫なん?」

月は、ゆっくりこっくりしました。

「やっと気がついたんやね。お月さん、ずうーっと、うなされとったで。穴がどうとか、ねずみがどうしたとか、わけのわからんことばかり言うてな。何のことなん? ほんまに大丈夫なん?」


一息ついてから、月は体勢を立て直しました。

「ありがとう。僕は大丈夫です。うとうとして変な夢を見ていたようです。あなたは自分が苦しいのに僕のことまで心配してくれているんですね。僕はずっと地球のことを遠くから眺《なが》めていて人間てすごいなと思うことが何度もあったけど、今初めて間近で体験できて、いたく感動しています」

「それはよかったね。けど、お月さん、ほんまに地球に来るんやったら、素直に感動するのも結構やけど、信用するときは、よーく気をつけるんやで。ころっとだまされて、痛い目にあうことがあるからな。私はな、今、心の声が届く相手がお月さんだけやから、お月さんのこと心配してるんかもしれんしな。それにな、お月さん、確かに世の中には、馬鹿《ばか》正直で無警戒な人や、損得抜きで他者《ひと》のことまで気づかう人がいてるけど、たいていその人たちは、ずっと損な役回りみたいやねん。これって、どう思う?」

月は少し首をかしげ、地球に向かっている宇宙空間から彼女の容体《ようだい》を覗《のぞ》き込みました。

「あのな、お月さん、私の言うてる意味がわからんかもしれんけどな、どう言うたらええんやろ…? たとえば、絵本の中では、うさぎときつねが助け合ったり手をつないでダンスしてたりするけど、現実の世界は、お人よしのうさぎがノコノコ出歩いてたら、きつねがサッと捕まえて、パッと食べてしまうってことや」

月は、彼女が半日前よりもっと顔色が悪く苦しそうなことに気づきました。

月は、叫びました。

「ちぃちゃんこそ、大丈夫⁉」

「ちぃちゃんて、誰なん?」

「あ、それは、あなたです。名前までは教えてもらえないから勝手に付けました」

「なんで、ちぃちゃんなん？」

「地球の ちぃちゃんです。頭文字をとりました。どうでしょうか？」

「ええんちゃう、お月さんがそれで呼びやすいんなら。ほんまは全然違うからしっくりこんけど。お月さん、私な、やっぱりやばいかも。さっき、手術は早くて夕方になると誰かが言うてたようやわ。無事終わってもだいぶ手遅れやから後々長引くみたいなことも。

なあ、お月さん、聞きたいことがあるんやけど…。

命って何なん？」

「えっ？」

「百年ほど前までは盲腸（虫垂炎）でもよく人は死んでたらしいねん。おまじないしたり、腹痛の薬を飲ませたりして何とか助けようとしても、原因もわからないまま、たくさんの人がもがき苦しんで死んでたらしいねん。人間の歴史が始まって何万年もそんなんが続いて、ほんのここ何十年かで白血球の数や症状から盲腸らしいと結構わかるようになって、手術や他の方法で助かるようになったという話やねん。とはいうても今でも世界中のどこでも助かるわけじゃないんやけどな。

だから、そのつまり、もし、私が百年ほど前に生まれてたり、飢えや戦火の中で病院もまならない国に生きてたりしたら、この命もこれでおしまいってことやろ。たまたま私は盲腸やけど、盲腸だけじゃなくて、いろんな大きい病気やひどいけがでも同じことやねんけどな」

月はまた首をかしげ、彼女が何を言おうとしているのか考えてみましたが、よくわかりませんでした。

「お月さん、ごめんな。何が言いたいのか私もよくわからんねん。命がはかないってことかな、と思ってみるけど、それも何かずれてるようだし…。

お月さん、こんなんで悪いけど私の言うこときいてくれる？　ひょっとしたら私にはもう時間が残ってないし、このままで終わってしまいたくないというか、私は何しに生まれて来たん？　て感じで、それには、お月さんの引力が必要なんや」

月は、まだ地球へ向かう途上の半分の半分ほどに差し掛かったところでした。

「ちぃちゃん、はじめの到着予定は明日だったけど、今日の夕方までに着けるように加速してみます。着いたら何なりとご相談にのります」

「お月さん、着いてからでは遅いねん。今、聞いて。こっちに来ながら私を引き出して」

「ちぃちゃん、何のことかわからないけど、やってみます」

「ありがとう、お月さん。私、思い切り変なことも言うかもしれんけど、どうせ来てくれるんなら、途中で引き返さんといてな。そんな殺生《せっしょう》なことはせんといてな」

「ちぃちゃん、途中で引き返すほうが、僕にはかえって難しいような気がします」

「ありがとう、お月さん。それなら言うけど、ちょい待ってな。このもやもやをちょっとでも整理してみるからな」

月は月でフル噴射に切り替えて一段と加速し、ちぃちゃんを覗き込みながら、地球に向かいました。ちぃちゃんは腹痛に耐えながら、もっと別の痛いものと向き合っているようでした。

月は、ちぃちゃんの痛みを和らげ、できることなら開放してあげたいと思いました。その先に広がっている可能性の世界につなげてあげたいと思いました。芽吹いて間もない命が青葉のまま枯れてしまうのを放っておけなかったのです。

それは大それたこと、身の程知らずなこと…などとは思いもせず、ただただ、ちぃちゃんを何とかしてあげたい、月にとっては、割りと無雑な一心なのでした。

命が尊いってほんまなん?

「教えて、お月さん、命が尊いってほんまのことなん?」

「えっ?」

「せやから、お題のとおり、命が尊いってほんまなん? 『人の命は地球より重い』とも言われてるんやけど、実際にはとてもそうは思えないようなことがありすぎて…。このことが一番に知りたいことかなと思うんや」

「ちぃちゃん、ほんまです。命が尊いということは、生き物にとって水や空気がなくてはならないのと同じくらいに本当のことです。何もない月からすると、命にあふれた地球はうらやましい限りです。月に転がっている石にとっては、一日しか生きられない虫でさえあこがれです。もし、人の命として生まれて生きることができるなら、どんなに喜びでしょう」

「そうやな、お月さん、私もそう思うんやけどな…。お月さんもそっちから見てて気づかへん？　人が生きていくことは、いいことばっかりじゃないねん。私は虫じゃないから虫の気持ちはわからんねんけど、人は生きてて辛いことや苦しいこともいっぱいあるねん。この国では毎年何万人もの人が自分で自分を殺してしまっている現実があるねん。やってみたけど死にきれなかった人は、その十倍以上にもなるらしい。いろんな理由で死にたくても死ねない人や、ぼんやりとでも死んでしまいたいと思ったことのある人は、そのまた何十倍かもっとそれ以上にいてるかもしれへん。

　でも、問題は自殺の数じゃない。自殺も、他人の命を簡単に奪うことも、命まで奪わなくても会社や社会が人の命を物みたいに扱うことも、どれも私には同じに映る。命そのものがフワフワ飛んで行く綿毛《わたげ》のように映る。

　もっと言うたら人間だけのことじゃないねん。人は自分たちの豊かさや利益のために、山を切り崩し、森林を伐採し、海を埋め立て、必要以上に川をコンクリートで固め、生き物たちのすみかをとことん奪ってきたし、ペットとして飼う生き物でさえ、ストレス解消に虐待したり、

『もうかわいくないから』と捨てたり、回収に回すんやて。その子らはたいてい『殺処分』されるらしい。それでいて、大人たちは子どもたちに『命を大切に』とお説教してるんやけど。

でも動物たちにはごめん。私は人間だから、まず人間の命のことが知りたい。

この命が尊いというのはほんまのことなん？　それはなぜ？　お月さん、どうか教えて。私はどんなに辛くても自殺はしたくない。ちゃんとした理由はわからないけど、とにかく生きていたいし、せっかくのこの命をできるだけ大切にしたいと思うから。でも、辛い苦しい日々が、いつ誰にやってくるかわからない。そんなときでも、苦しみのただ中にいる人にもそっと励しとなるような無理のない理由を私は知りたいんや。けど、お月さん、お願いやから、『自殺する人たちは弱い。根性が足りない。もっと強く生きないと』みたいな言い方はせんといてな。私が知りたいのは、そんな答えじゃないからな」

月は、びっくりして、うろたえました。そんなこと考えたことなかったし、もちろん、誰かにそんな質問されたこともなかったからです。それで、月は、

「僕には、わかりません」と答えました。小さな声で。

「お月さん、私もたぶん、百パーセントの答えなんかないやろなと思う。それでも、人の命は尊い、人の命は地球より重い、人を殺してはいけない、自殺もいけないと、ずっと言われてきた。そこには、やっぱり何かがあるからと違うん？　それとも、自分が簡単に殺されたくないから、そんなの当たり前ということになったん？

それとも、当たり前とまでは言えんでも、そういうことにしとかんと、どんなひどい状態になるかわからんから、そんなふうに言われるようになったん?」

月は、困ってしまいました。

「お月さん、私、変なこと言うてるなあ、わかってんねんで。身近に大切な人がいて自然に命がいとおしく思える人にとっては、無用な心配やろな。命が尊いことも、人を殺してはいけないことも、自殺がいけないことも、当たり前すぎて、まともな人からしたら、それが本当かとか、なぜそうなのかなんて問うこと自体、理解に苦しむことやろ。

でもその人だって、殺人ドラマや戦争ゲームを楽しんでるのと違うやろか。遠い国の戦争は知りたくないし、この国に戦争なんかもうないと思いたくて、仕事や生活にまぎれてるやろ。子どもには、変なこと考えてないで将来のためになる勉強だけしてなさい、と忠告してくれるかもしれんけど、もし誰か知ってる人が殺されたり自殺したりとか、そこまで身近でなくてもニュースでむごい事件を見聞きしたら、どうしてこんなことになったのでしょう、と嘆いたり怒ったりしてへんかなあ。私はおかしいと思う。

殺人ドラマや戦争ゲームがあかん、言うてるん違うで。どんな表現も基本は自由であってほしい。そうでないとまた別の息苦しい煙が立ち込める。でもそれらの作品を送り出す前に大人たちは何か大事な忘れ物をしてへん? 命にはちっとも相談なしに、命を単なる商品や小道具として並べてへん？　こんなん言うたら怒られるな、きっと。生意気なこと言うて自分はわかってへんのか⁉　と怒鳴られるな。そのとおりや、私は何もわかってへん。それでも、何か違うと感じずにおれんからこんな変なこと言うてるねん。

なあ、お月さん、何でもええからお月さんが知ってること教えてくれへん？」

「ちぃちゃん、それなら僕は、『分身の分身の術』で、心の分身だけ月に引き返して、僕のねえちゃんに聞いてみます。ねえちゃんは宇宙中を旅して変なことまで見聞を広めてきたようなんで、ひょっとしたらお役に立てるかもしれません。では、ちょいと失礼します」

「ちぃちゃん、お待たせしました。ねえちゃんは、僕のせいで、へそを曲げていました。『昔、ねえちゃんは地球でちやほやされて、結局何しに行ったかもわからずに月に出戻りだった』というのが聞こえていたらしく、プンプン怒ってました」

「お月さん、女性のこと、あんまり知らんやろ。だいぶ奥手みたいやな」

「そうかもしれません」

「あのな、女性のデリケートな気持ちを逆撫《さかな》でするようなこと、あんまり言うたらあかんで。悪気はなくても一緒やで。女性は尊重して優しく包んであげるんが基本や。いろいろややこしい事情もあるやろけどな。

まあ、思うねんけど、このまま地球にお月さんが来たら、女性には苦労するやろな。女性は何かと迷惑やろな。お月さんが、いらんこと言うて、いらんことして、女性に嫌われて勝手に傷ついてる姿まで目に浮かぶわ」

「そうかもしれません。でも、ちぃちゃん、だいぶおませさんみたいですねえ。もうすぐ17歳になる女子って本当ですか?」

「うん、まあ、一応、そういうことにしといてくれる? ちょっとぐらい変わっとっても、だいたいは事実に基づいてるからな」

「ちぃちゃん、僕、ねえちゃんに謝ってきます。それで何とか、ちぃちゃんのためになることを聞き出してみます。では、失礼します」


「ちぃちゃん、お待たせしました。ねえちゃんは、ちぃちゃんのためにヒントをくれました」

「えっ、ほんまに? どないなこと?」

「えっとですね。ねえちゃんは、こう言いました。…地球のことは月じゃなくて、地球の中にヒントがあると思うわよ。なんなら、捨てられた犬に聞いてみたら?」


犬、登場。

「ウー、ワワワワ　ワン、ポチは怒ってんねん。もー、ええかげんにしてえな。ポチは生まれて1か月半で、もっとおかあちゃんのオッパイを吸っていたかったのに、もっと兄弟姉妹たちとじゃれ合っていたかったのに、無理やり、おかあちゃんとも兄弟姉妹たちとも引き離されて、寝ても覚めても騒がしいケージの中に閉じ込められてしもたんやで。

あーあ、もっとおかあちゃんの温かい毛の中にもぐり込んでいたかったな。まあしゃあない、これがペットの残された生きる道なら仕方ないか、と思って飼い主様をじっと待ったもんや。

隣のケージにいた先輩ネコさんなんか、お店の人が、1年待っても飼い主様がつかないと言うてたけど、ある日いなくなってしまったのは何でかな？　飼い主様が現れないのに、どこに連れて行かれたんかな？　『まあかわいい、並やけど』とか言われて、いい気になってたポチも、飼い主様が決まらなかったら、どこかこわいところに連れて行かれんのかな？　と不安なままケージの中ですごしたもんや。待ちに待って、特別値引きになって、飼い主様が現れてくれたときはうれしかったな…。

全部話してたら長くなるので途中省略させてもらいますねんけど、とにかく今もまた、別のものを待ってるんや。コンクリートと鉄格子の部屋で待ってるんや。仲間の力ない声がやけに響いてるわ。もうすぐ最後の一番狭い一室に他の仲間と一緒に押し込まれてガスでこの世ともお別れらしい。まあ、ポチやここの仲間は例外で、ほとんどの仲間はやさしい飼い主様の元で幸せなペットライフをまっとうできているものと思います。しかし、例外は仕方ないんか？　水ももらえず骨と皮だけみたいな姿になってそのまま廃棄された仲間もいたらしいけど、どういうことなん？

命を何やと思うてるん？　人間様はかしこいんと違うん？　どういうかしこさなん？　損得に抜け目のないことか？　オスとメスを交配させたらお金が生まれるんか？　そのとおりやな。そやけど、命だって生まれてんねん、命こそ生まれてんねん。命ってな、人間様の思いどおりに生まれてくるか？　においを嗅《か》いでついでに息をする鼻も、物を食べて声を出してついでに息をする口も、人間様がこうなるようにと考えてなったことか？　違うやろ。けど、そうやな、中には、そういうこともあるな。足が極端に短い仲間や、ぬいぐるみよりもぬいぐるみっぽい仲間もいるな。人間様が交配を繰り返して品種改良したんやな。クローン技術で同じ命の大量生産だってできるんかもな。

それでも、命は全部、人間様の思いどおりか？

人間様の部屋に飾ってある観葉植物は、自然な姿とはいえなくても自然の命に変わりはないのと違うん？　枝の一本一本、葉っぱの一枚一枚、人間様がこうしようと思ってすべてがそうなってるわけじゃないやろ。そもそも何でこの命があるか、人間様はわかっているわけじゃないやろ。ポチだって知らんわ。そやけど、この命、わからんからいうて何やってもええんか？

わからんけど、わからんからこそ、なるべくていねいに付き合わなあかんのと違うか。

人の命が軽いとか重いとかもポチは知らんわ。人が自動車にはねられたら大変なことになるけど、犬がはねられても、たいてい誰も気にも留めへんわな、車の汚れや傷は気に留めるけどな。犬はまた何台もの車にひかれてボロぞうきんのようになって転がってるわな。この違いは何なん？　人間様にとっては人の命のほうが犬の命より重いからと違うん？　尊いからと違うん？　それとも人身事故には罰則や罰金があるからなん？　ただそれだけのことなん？

こんな命、軽い、虫の命と変わらないと決めつけては殺し、その逆に、人の命は重い、地球より重いといわれて、なのに苦しみの連続で、そのしんどさからもう解放されたくて自分で命を終わりにすることとさえあるんと違うん？　命が軽いとか重いとか、体重計でも量れんようなものに振り回されんといてえな。

そんなことより、ひとりの子どもの命には大切な思いが詰まってるやろ…。その子自身の思いも周りの子どもや大人の思いも、いっぱい詰まってるやろ。生まれたての赤ちゃんだって、『生きたい』思いでいっぱいなんやで。子ども時代が過ぎた大人だって老人だって同じことや。長く生きた分、見えなくてももう覚えてなくても本人が知らなくても、いろんな人のたくさんの思いが、その命には詰まってるやろ。それを大事にしてえな。

どうやらお迎えやわ。これで最後やな…。犬にはむずかしいことはわからんよ。そやけど、犬から見てても人間様は命の無駄《むだ》づかいをしとるよ。『時間がない、金がない』と、やさしい心も枯れてしまうほど忙しく働き疲れて、やっとできた時間でひまつぶしして、またイライラして…。虫じゃなくて、犬じゃなくて、せっかく人間様に生まれたんやったら、引き受けたその命を大切に生き抜いてえな。せめて人間様どうしでは生きづらくし合う社会にならないように、そこにこそ皆でかしこさを発揮してえな。
ウー　ワワン、合掌《がっしょう》」

「ごめんな、ポチ、私は何もしてあげられへん。私には、ポチの言いたいことがようわかる。けど、私は感じる。わかりたくない人、くだらないと思う人の見えない雲が地上を厚く覆っている。どうしようもないんかな？　ポチ、もういなくなったん？

　ポチ、ポチ、どこ行ったん？……」

「なあ、お月さん。ポチはまともなこと言うてると思わへん？」

「すみません。途中から聞いてませんでした」

「えーっ⁉　聞いてなかったん？　ボォーとしてたん？　ポチは命がけだったんやで」

「あーっ、そうなんです。僕はちょくちょく、やってしまうんです。集中力が足りないみたいです。こんなんじゃあきませんか」

「そりゃあかんわ。そんなんじゃ、社会に出ても通用せえへんで。というても、お月さんは社会に出る必要なんかないか。お気楽なもんやな。そんなんで地球にやってきても、今日や明日を生きていくのに精一杯の人の気持ちなんかわからんやろな。エリートの人たちに難しいこと並べられたら、シュンとしてしまうやろな。

　けどまあ、45億歳やもんな。外《ほか》に話し相手もおらんかったんやろ、無理もないかもな。

　なあ、お月さん、おねえちゃんはなんでポチのこと知ってたん？　『犬に聞いてみたら』って言うたんやろ。おねえちゃんは普段何してるん？　なあ、お月さん、またボォーとしてるんか？」

「ねえちゃんは、昔はあちこち出かけてましたが、いろいろ事情があって、今は月に引きこもったままなんです。学校の先生をしたかったらしいですが、月は究極の少子化で生徒が一人もいないと言ってました」

「そうなん?」

「あの、ちぃちゃん。僕、思うんですけど、ポチは、ちぃちゃんの中から飛び出してきた空想上の犬じゃないでしょうか、龍《りゅう》や河童《かっぱ》みたいに。だとしたら、本当にいなくなったんじゃなくて、まだどこかそこらにウロウロしてるかもしれません」

「ポチ、ポチ、そうなん? そこらにおるの?」


「ワンワン、ワワ、ワン、ビックリやで、もー。えらいとこに来てしもたわ。ここは月の学校やて。月のおねえちゃんがせんせいになりすまして、一人で何かしゃべっとるわ」

「はーい、みんな、静かにしてね。今から授業を始めます。私がみんなの先生です。地球の学校に行くようになったら算数や国語なんかを教えてもらえるから、それは地球の学校の先生におまかせして、私はみんなと地球の学校では滅多に取り上げてもらえないことについてお話をしたいと思います。ちょっとの間だから、あんまり騒がず、しっかり聞いて一緒に考えてね」

「せんせい、誰としゃべっとるん? ポチには誰も見えへんねんけど」

「あらあら、犬が1匹、まぎれ込んでるわね。誰かな、犬を学校に連れてきたのは?

誰も心当たりはないの、そう。じゃあ、犬本人に聞いてみようかな。えーとその、名前は何ていったっけ?」

「ポチ」

「ふーん、今どき古風な名前ね。みんなの邪魔にならないようにお行儀よくしているのよ」

「せんせい、おしっこ」

「こらこら、ポチ、いちいちことわらなくていいのよ。そのへんの月の石にひっかけときなさい。今度から授業の前後に行っときなさいね。では、始めますよ。きょうのテーマは、地球のちぃちゃんからあった質問についてです。ややまとまりに欠ける私ですみませんが、なるべくすっきりしたお話を心掛けますね」

「せんせい、うんちも出るかも」

「こら、ポチ、授業が成立しません。おしっこのついでに出してきなさい。終わったら月の土もかけとくのよ。それが月のマナーですからね。では、今度こそ始めますよ。

あなたたちがこれから生まれに行く星、地球は、とっても大きな星です。どのくらい大きいか知ってる子いますか? あら、誰も手が挙がらないわね。みんな、当てずっぽうでもいいから何か発表してみようね。積極性が大切よー。おっ! 一人挙がった。

かと思ったら、ポチが片足上げて放水中か。さて、気を取り直してと…。

地球は、直径ならこの月の4倍くらいあります(表紙ご参照。大きな円が地球のつもり)。

地球を一周する一本道があったとして、その上を1日100kmペースで走っても、完走するには400日かかります。重さは月の約80倍あります。ざっと6000000000兆トンだそうです。うーん、ぴんと来ないか。実は私もなんだけどね。

この6000000000兆トンには、地面の下のゴツゴツやドロドロだけでなく人間を含むすべての動物や植物の命も入っているんですよ。とにかく、地球はものすご～～く大きいのです。

ところが、この地球も広い宇宙の中では、ちっちゃなちっちゃな星に過ぎません。太陽の直径は地球の百倍以上あるし、その太陽の千倍超の星さえ確認されているんです。地球と太陽は約1億5000万km離れています。これは平均時速220kmの新幹線がノンストップで走り続けたとしても80年（約人の一生）もかかる距離なんですよ。光なら8分くらいで着くんだけどね。その光が1年で進む距離が約10兆kmでこれを1光年《こうねん》と言いますよ。宇宙は広すぎて普通に何kmとかで表すには無理があるので光年という単位で距離を表します。わかってもらえたかな？」

「はい。せんせい、すっきりしたで」

「あら、ポチ、戻ってたのね。そんなに私の説明、よかったかなあ。照れるわね」

「おしっこのことやけどな」

「…みんな、ポチのまねはしないでね。寝てる子もいないかな？　ちゃんと付いてきてね。細かい数字は聞き流していいのよ。テストに出したりしませんからね。今は、宇宙がどんなに広いかってことを感じ取ってね」

「太陽に引っ張られてその周りを回っている地球や火星なんかが入っているのが太陽系《たいようけい》で、その端から端までおよそ150億kmと言われています。一口に太陽系といっても、とんでもない大きさで、太陽から地球までの距離のざっと百倍もあるんですよ。新幹線でも太陽系横断には8000年もかかるんです。光なら13時間くらいかな」

「ワオ、すごいやん」

「でもでも、こんなのまだまだ。だってね、銀《ぎん》河《が》系《けい》って聞いたことあるかな？　銀河系は太陽系を含むたくさんの星や空間の集まりです。

銀河系には恒星《こうせい》だけでも2000億個以上あると言われています。恒星というのは太陽のように並外れて重く、自分でボォボォ燃えている星です。正確には燃えているわけじゃないんだけどね。酸素のない宇宙空間で火は燃えませんからね。あれは、水素やヘリウムが核融合《かくゆうごう》という反応を起こして物凄《すご》い熱と光を放っているのです。地球の夜空に見える星は太陽に照らされている金星や火星や月以外は全部、銀河系の恒星なんですよ。一つひとつの星が、何千、何万度という熱を発しているのが光って見えているのですよ。

自分では光らずに恒星に引っ張られながらその周りを回る星を惑星《わくせい》といって、銀河系には1兆個以上の惑星があると言われています。地球もその一つなんですよ。その銀河系は平べったい渦《うず》巻《ま》きの形をしていて、直径は10兆kmの10万倍以上あります。光が1年かけて10兆km進むのが1光年だから、少なくとも10万光年の広がりがあるのです。厚みだけでも約1000光年あります。

ちなみに、地球を直径約1㎜に縮めたとしたら、同じ割合で縮めた太陽の直径は約10㎝になります。地球から太陽までの距離は約12ｍになります。直径1㎜の地球から12ｍ離れたところに直径10㎝の太陽がある感じです。ということを踏まえて、

さて、ここで問題です。もし、この地球が直径1㎜の砂粒ほどだとしたら、同じ割合で縮めた銀河系の直径はどのくらいだと思いますか？　次の三つの中から選んでね。地球から太陽までは12ｍですよ。

⑴　７４００ｍ（海岸から見た水平線のもうちょっと先くらい）

⑵　７４００㎞（太平洋の端から端くらい）

⑶　７４００万㎞（？　？　？）

わかる子いるかな？　はい、ポチ」

「⑴か⑵か⑶」

「まじめにやろうね。もし、⑵だったら、銀河系の中の地球はまさに『大海の一滴』って感じなんだけどね。正解は、⑶の７４００万㎞。大海の一滴どころじゃないんです。

これは本物の大きさの地球を６０００個並べたくらいの距離です。地球に行ったらいつの日か、できれば、水平線か地平線が見えるところに一人静かに立ってみてね。そして指先に砂粒大の地球を乗せたつもりで、砂粒から見た本物の地球６０００個分の広がりを想像してみてね。大変だったら地球1個分でもいいけど、それでもすごくないですか？

そしてさらに、この宇宙には銀河系と同じような銀河が、約2兆個も存在することもわかっています。何百億光年もの広がり、それがこの宇宙なんです。そして、この瞬間も宇宙は光速を超える猛スピードで膨張し続けているらしいのです。私たちが宇宙は広いと口にしてその広さをどんなに逞《たくま》しく想像してみても、まるで及びもしないことかもしれませんね。ひょっとしたら、この宇宙じゃない別の宇宙も、さらにその上のグループさえあるのかもしれません。私たちが知っていること、わかった気になっていることは、まさに砂一粒ほどのことかもしれないのですよ」

「せんせい、そやけど、宇宙の大きさとか、星の数とか、宇宙のどこにその答えが書いてあったん？　誰がいつ調べたん？」

「おお、ポチ、お利口さん。ちゃんとお話を聞いてたんですね。その答えは、この広大な宇宙の片隅《かたすみ》に浮かぶ、まさにこの地球の表面にありますよ。調べたのは、その地球の人間です。地球の何十億年という永い時間の中で、原始の生き物に始まり水の中の魚や陸の上の猿を経て、ようやく最後のほうに現れたのが人間です。その人間が、やっとここ数十年の間に精巧な道具や数式をかしこく使ってわかってきたことなんですよ」

「ふーん。そやけど、せんせい、そのお話は、ちぃちゃんの質問と何の関係があるん？」

「おお、ポチ、するどい指摘。どこの迷い犬かと心配してたけど、そんなに迷ってなかったのですね。ちぃちゃんの質問は、どんなんだったかな？　それは確か、命が尊いというのは本当？　とか、殺人や自殺がいけないとされているのはなぜ？　といったことでしたね。

命の風景がない月からすると、こんな質問、とっても贅沢《ぜいたく》というか、とんちんかんにさえ聞こえます。すべての生き物はひたすらに生きようとし、人も本来生きたいと願います。なのに、なぜこんな質問がわいてきたのでしょう？

それは、体の病んでいるところに痛みが出るように、人の社会が重く病んでいることの一つの証《あか》しではないでしょうか。その病に人々は様々な手当を試みながら、命を大切にと訴えたり、人の命は地球より重いと唱えたり、もっともな理由を示して命の尊さを納得させようとします。でも、その正反対のことが、そこかしこで大手を振っていたらどうなのでしょう？

私はね、ちぃちゃんの質問には、いったん日常という地面を大きく蹴って、宇宙から地球に向き合うと、そのやさしいヒントもまた、そこかしこに見つかるように思えるのです。それで宇宙のことからお話をしているんですよ。それじゃあ、気分転換に、ここまでのところで、みんなの感想を聞いてみようかな」

「みんな、いろんな感想が出てるね。宇宙がそこまで広いとは思わなかったとか、びっくりしたとか、どうしてそんな大きな宇宙ができたんだろうとか」

「せんせい、誰も何も言うてへんで」

「そ、そう？　私には聞こえるんだけど、空耳かな？　では、続きを始めますよ」

「せんせい、UFOとか、宇宙人とかもおるん?」

「もう、ポチったら。そういうことは私にはわからないのよ。UFOを目撃したとかUFOで宇宙人に連れ去られたとか言う人もいて、私もそんなドキドキ体験してみたいんだけど、一度もお目にかかったことがないのよ。まあそれでも、とにかく宇宙は広いし、星だって星の数ほどあることだから、どこかにいても不思議じゃないとは思うけどね」

「せんせい、そしたら、もしかして宇宙人がUFOに乗ってやってきて、地球を侵略したり、人間様をペットや奴隷にしたりせえへんのかな?」

「まあ、ポチ、なかなかの空想家さんね。私は、そんな心配いらないと思うわ。なぜってね、生命の可能性がある星同士は何光年、何万光年なんていうとんでもない距離で離れているのよ。それにチャンスがあったとしても一瞬だし…。というのは、もしその星に生命が生まれたとして、しかも人間のような高等生物が現れ、種《しゅ》が絶滅するまでどんなに生きながらえたとしても、宇宙の永い時間の中では一瞬のできごとなんですよ。

誕生から46億年過ぎた地球の場合でも、今の人間に近い人類が現れたのがわずか20万年から30万年前で、その人間が文字や歴史を刻み始めたのがせいぜい数千年前のことで、機械装置や通信の発達はここ百数十年のことなんですよ。

ちなみに、46億年のうちの20万年というと、2万3000分の1(1/23,000)なんだけどね、地球の歴史を1日24時間におきかえてみると、最後の4秒、つまり、23時59分56秒頃になってやっと人間が現れたってことなんですよ。その4秒間にしても人間はほとんど地上に這《は》いつくばうようにして生きてきたわけで、世界初の人工衛星打ち上げ成功なら、23時59分59秒999くらいかな。

遠く隔てた空間を超えて一瞬の文明同士が出合う…そんなことは、瞬間移動でもできない限り無理なこととは思いませんか？　それは、北極の0・001秒だけ生きられる天才虫が南極の0・001秒だけ生きられる秀才虫のところまで飛んで来て、触覚同士を突き合せて会談なんてことより、ずっともっと、あり得ないことじゃないかな。

たとえもし、その異星人が光速を遥《はる》かに超える移動手段を手に入れて地球に来られたとしても、心配いらないと思うわ。なぜってね、そんな地球の科学常識では考えられないことができるってことは、核兵器やら恐ろしい何かやらによって自滅することなく、そこまで科学と精神をバランスよく発達させられた結果じゃないかな。そんな成熟した異星人に、この美しい生命の星を侵略してやろうなどという未熟で野蛮な発想がわいてくること自体、矛盾だと思うわ。地球のこと、人間のことを静かに見守ると思うわ。でも、断言はできないし、希望を込めてそう思うってことだけどね。

それにね、ポチ、宇宙人とか異星人と簡単に呼んでるけど、単純な構造に見える生物でさえ、宇宙空間に生命として生まれ生命をつないでいくということは、机の上の計算どおりにいくとは限らないんですよ。それには、様々な天変地異を経て落ち着いた惑星に、少なくとも空気や水や光のようなものが欠かせません。しかも、深い地中や氷の中や深海の底のような厳しい環境では、犬だって生きていけないことはわかるでしょ。いろんな動植物が生きていくには、空気や水や他にもたくさんの材料がそれぞれ適度な条件で揃《そろ》って、永い時間にわたって続いてくれる必要があるんですよ。

地球も、生き物に適した空気や水が揃うまでには、すべての海水が蒸発したり、大陸ができたり、分裂してはまた集まったり、地球丸ごと何万年も氷漬けになったりしたんですよ。そうして魚らしき生き物がようやく登場したのは、地球誕生から41億年も過ぎた頃なんです。そこから、さらに何億年も経て人間のような高等生物が生きていける環境が整い、道具や火やことばを手に入れた人間が何百世代もつなぎながら、ゆっくりじっくり文明を築き、やがて、一気に科学技術を発展させ、宇宙空間に飛び出す…それだけでも気の遠くなる歩みではないでしょうか？　とはいっても、有人ロケットは今のところ月までが最長なんだけどね。

この広い宇宙にはもっと生命の星があるかもしれません。密集したところさえあって異星間で人や物が行き来しているかもしれません。それでも、たとえ、1兆個の何兆倍の惑星の中にあっても、本当にこの地球だけが人間が住めるほどの唯一の星かもしれないのです。この広い宇宙で、今この時に存在する人間に近い存在はこの地球上だけかもしれないのです。もし他にいたとしても、ほとんど決して出会うこともあり得ないのです。地球も人間の命も壊れかけた部品を取り替えられるようなものではないのです。だから、人間は自分たち人間自身と地球のすべての生き物に対して、大いに責任があると私は思うのです。

ポチはどう思う?」

「宇宙人がおるんやったら、犬にもやさしい宇宙人でいてくれますように。ワン」

「まあそうですよね、犬代表としては。では、今度こそ続きを始めますよ。ポチもちゃんとお座りして聞いててね。さっきまで、広い宇宙についてお話をしましたが、もう一度、地球に戻りますよ。みんなも、しっかり起きててね。みんながこれから、一人に一つの命を授かって生きることになる星のことですからね。


先ほど、地球は太陽から1億5000万km離れたところにある、というお話をしましたね。この距離がもう少し前か後ろにずれていたら、太陽からのエネルギーが強すぎたり弱すぎたりして、超高温や超低温になり、生命にとっても過酷な環境になってしまいます。


たとえば、地球表面の平均気温は15℃ですが、お隣りの金星と火星では、平均気温はどのくらいでしょうか? わかる子いるかな? はい、ポチ」

「わかりません。もうそろそろ、給食の時間じゃないですか?」

「月には、ごはんもおやつもありません。残念でしたね。太陽からの距離が地球より近い金星の地表温度は、400℃以上です。一方、地球より遠い火星の地表温度は、マイナス50℃以下です。どちらも生命お断りと言わんばかりですね。


でも、温度を決めるのは距離だけじゃないんです。距離以上に大気の状態が物をいうんです。その星をすっぽりとりまく空気のことを大気と言います。大気が地表を包んでいると熱が宇宙に逃げていきにくくなります。実は、金星は地球よりずっと濃厚で分厚い大気に覆われています。その大気の成分や高い気圧によって400℃以上の高温になっていると考えられています。

私ごとで恐縮ですが、月には大気がほとんどありません。それに加えて、月の昼は15日間続いた後に夜が15日間続きます。それで、直射日光にさらされ続ける昼間は120℃に、一方、夜間はマイナス170℃にもなります。自慢じゃないけどすごいでしょ。

月は、星としては体重が軽すぎて、たとえ大気や水が地表付近にあっても引きとめておけないのです。星の引きつける力のことを引力と言います。地球では、大気がそこに留《とど》まっているのも、人が歩いたり寝転んだりできるのも、ほどよい引力のおかげなんですよ。

地球には、そこで生きている人間にとっては、こんなの当たり前と思っていることが満ち満ちています。地下や谷や川からの水も、海も、大地も、様々な鉱物資源や微小な有機物も、何とも微妙な量や成分でそこにあって、たとえ人間がだましたり傷つけ合ったりしているときも黙って無数の命を支えています。大気もまた、地球の生き物にとってなくてはならない大切なものの一つです。地球の大気がどれほど素晴らしいものか、私は興奮を隠さずにお話することができません。

ちょっと山に登れば空気が薄いことを感じられるように、地表ほど濃く、上空に行くほど薄くなりながら、大気は直径約1万2700㎞の地球を包み込んでいます。それはほんの数㎞、せいぜい数十㎞ほどの空気の薄い膜です。地球が1mほどの球だとしたら、ほんの5㎜かそこらの薄い膜で地球を包んでいるのです。こんなに薄くては心細いからもっと厚かったらいいのに、とは思いませんか？　ところが、金星がどっしり分厚い大気によって４００℃以上になっているように、大気は厚ければいいわけではなくて、これ以上厚すぎず、これ以上薄すぎず、究極の繊細なガラス細工のような、まさにこの驚異の薄い膜によって地球は平均気温15℃という環境に落ち着いているのです。

大気の中でも地表から10㎞くらいまでの層を対流圏《たいりゅうけん》と言ってね、赤道海面付近の一番暑いところの空気と北極や南極付近の一番寒いところの空気を上手にかき混ぜながら、気圧や水蒸気を様変わりさせ、雲や風をおこしたり雨を降らせたりしています。だから、地球上のいたるところに人が住んでいられるんですよ。ちなみに、宇宙空間に吹きさらしの月では天気予報はやっていません。大気がなくては天気に変化もありませんからね。

地球の大気は、78％の窒素《ちっそ》、21％の酸素、０・０４％足らずの二酸化炭素、他に水蒸気などの成分でできています。一方、金星の大気は、４％の窒素と、96％の二酸化炭素でできています。酸素がなかったら地球上の動物は生きていけないし、この21％の酸素がほんの少し薄くなったら息苦しくなり、ほんの少し濃くなったら火事が発生しやすくなります。この限りなくゼロに近い０・０４％の二酸化炭素がなくなれば植物は光合成ができなくなり、ひいては、動物も死んでしまいます。逆に、数％上昇するだけでも人は意識を失い呼吸が止まります。

なんて大胆で繊細な、深遠で微妙な、そして円《まろ》やかなブレンドなんでしょう。

大気は、生命活動に不可欠な空気や適温を提供してくれるだけではありません。

大気がなかったら音が伝わりません。つまり、音が聞こえません。大気がなかったら海や川の水も蒸発してしまいます。つまり、海も川もなくなります。大気は、生き物にとって有害な紫外線やX線などの宇宙電磁波《でんじは》を途中でさえぎってくれます。大気は、宇宙から飛んでくる比較的小さな隕石《いんせき》を摩擦熱《まさつねつ》で空中分解させ、地表に届く前にはじいてくれます。

この私、月を見てごらんなさい。大気がないもんだから隕石にやりたい放題のボコボコにされて、もう、情けないやら、くやしいやら。ウエーン、隕石のクソったれ！

こ、これは失礼しました。ついつい興奮しすぎてしまいました。みんな、ごめんね。


ところでえーっと、なんでしたっけ？ あ、そうそう、こんなに素晴らしい大気ですけど地球ができた始めからこんなふうだったわけではありません。

大昔、それは40数億年も前の大昔、地球ができたてほやほやの頃、他の小惑星とぶつかっては合体して地球が大きくなっていくうちに、小惑星に含まれていた窒素や二酸化炭素や水蒸気が蓄えられていったと推測されています。初め、酸素はなかったのです。たまったガスや水蒸気は雨となり、永い時をかけて水が海を満たし、大気の98%を占めていた二酸化炭素はその海に溶け込んで石灰岩として固まっていきました。少しずつ、大気中の二酸化炭素は薄まり、その分、窒素の割合が増えていったのです。そこから何億年も経て二酸化炭素だらけの海に発生した有機物から、何かがどうにかなって、微生物が生まれ、バクテリアが出現し、さらに、何億年も経て登場した原始の藻類《そう》（植物プランクトン）は、二酸化炭素を取り込んで『酸素』を吐き出し始めました。約20数億年前のことです。

次第に小さな生き物もどんどん生まれました。でもそれは全部海の中のことです。酸素は海から大気中にも出ていきましたが、生き物は海から出ていくことはできませんでした。なぜなら、海面の上は太陽からの強烈な紫外線にさらされ、生き物は細胞を痛めつけられるので生きていけなかったのです。

ところが、大気中の酸素は、強烈な紫外線に反応してオゾンという気体に変化します。オゾンは、オゾン層という膜となり、だんだん分厚くなりながら上空に昇って、ほとんどの紫外線を吸収してくれるようになったのです。今から5億年前のことです。こうして、オゾン層のおかげで、生き物は植物も動物も陸の上に出ていくことができたのですよ。

さてみんな、地球の大気のことについて駆け足でお話をしてきましたけど、大気が生命にとって、とってもありがたいものだってこと、わかってもらえたかな？　この後の予定としては、まず地球の海水や真水のことについてお話しして、次に地球が大きな磁石になっていることや地軸の傾きについてお話しして、それから…」

「せんせい、おしっこ」

「おっとっと、いいとこだったのにな。おしっこなら、ポチ、さっき行ったばかりじゃなかったっけ？」

「ちょっとずつ出しては何かにひっかけずにいられんのです」

「うーん、ここでは縄張《なわば》りなんて意識する必要ないんだけどね。ま、習性なら、しょうがない、行っといで。余計なことしないで、さっさと帰ってくるんですよ」

「はーい」


「さてと、さっきはあそこだったから今度はここにでもひっかけとくか。フー、すっきりするぅ。それでも後々《あとあと》のために、『残尿感も大切に！』っと。ほな、帰ろか。

それにしても、なんやなあ、せんせいの話はわからんこともないけど、どうも細かすぎるというか、だんだん眠たなってきたな。宇宙のことやら大気のことやら、あれこれ言うて、いつになったら、ちぃちゃんの質問に答えてくれるんやろ？　ひょっとして作戦か？　ごちゃごちゃ関係のありそうなことを並べ立てといて、うんざりしてきたところであきらめて帰ってもらおうということか？　ははーん、その手には乗らへんぞ。このポチはごまかされまへん。

いや、待てよ。あのせんせいは、変なところもあるかもしれんけど、そんなせせこましいことはせえへん気がするな。うまいこと話がまとめられなくて、なかなか本題に入れんのとちゃうかな。よし、それやったら、このポチが、せんせいの代わりに、話をまとめたろやないか。

えーっと、ようするにやな…、
宇宙は、とんでもなく広く大きい。

…てことやな、まずは。

宇宙、銀河系、太陽系、そしてここに、地球。
地球も、一人の人間からすれば大きな星だけど
宇宙の中では小さな一粒の砂にすぎない。
…あれ？　詩人みたいになってきたな、自分で言うのもなんやけど。
おっと、詩人ちゃうちゃう、犬やった。まあ、なんでもええか。
けれどこの地球は、生命の星。
今ここからわかっている唯一の生命豊かな星。
どこか他に生命の星があるとしても
人間のような異星人がいるとしても
地球には遠すぎて届かない。
…てことかな。
宇宙に生命が生まれ、生命をつないでいく。
それは、ほどよい位置に浮かぶ、ほどよい大きさの星に
水や空気やいろんなものが手を取り合うように
ほどよい条件でそろって、永い時間にわたって続いたなら
あるかもしれないこと。もしあったとしても
深い地中や氷の中のようなきびしい環境では
人間はとうてい生きていけない。

…犬や他の動物や植物のことも忘れんといてな。
当たり前に思っているこの地球
当たり前に思っているこの命
だけどひょっとしたら
この広い宇宙には本当にこの地球だけが
人間が住めるほどの特別な星なのかもしれない。
…何やろな、結局、せんせいの言いたいことは？
宇宙は、とにかく広くて星の数も無数にあるけれど
宇宙で生命が生まれるということは、そう簡単じゃないってことかな。
生命の星があったとしても、地球ほど生命豊かな星は
そんなにあるとは思えないってことかな。
（けっこうあったりしてな）
他に生命の星があってもなくても、
地球に生きる一つひとつの命にとっては
この地球こそが、たった一つの生命の星ってことかな。
たった一つの星だからその命も尊いということなのかなあ。
うーん、くるくる回って眼が回りそうやな。
うーん、悩むなあ。

せんせいの代わりにまとめたろ、思たんやけどな。
うーん、うーん。
おーっと、あかんがな。はよ帰らな。
余計なことせんと帰ってくるように言われとったんやった。
せんせい、怒ってるかなあ？
まあそれでも、注意される前に自分で気づくところが
ポチのえらいとこやけどな」

なんで悪があるん？

「ポチ、ポチ、お取り込み中のところ、割り込んでごめんやで」

「？　？　？」

「私、ちぃです。一説では、ポチは私の中から飛び出した空想上の犬ということになってるらしいけど、どうなんやろなあ。それにしても、ポチ、大活躍やな。主役級やで」

「ワオオーン、ワオ、ワオ、ワォォーゥオン」

「そんな興奮するほどのことでもないからな、落ち着き。あのな、ポチ。私、初めはお月さんと話しとってん。それでお月さんに質問したら、お月さん、『僕にはわかりません』とか言う

て、自分で答えようとせず逃げてばっかりや。ほんまにわからんのやろか？

月並みな答えでは恥ずかしいと思うんかな？　月やから月並みなんは当たり前やのにな。

『おねえちゃんに聞いてみる』言うて、まあ、月のおねえちゃん先生がいろいろ話してくれて、へえ、そうなんや、と思うこともあったけどな。あ、そうや。あのな、二番目に聞きたいことなんやけど、ここらでそろそろ、ええやろか？」

「ワッワワ、ワン、ワン」

「どうしたん？　急にことばが出んようになったん？」

「ワワン、ワン、クゥーウー、クーゥン」

「そうか、そら、驚いたわな。ごめんな、突然現れて。それで、一番目の質問も中途半端なまで気になるところなんやけど、二番目の質問というのはな、これまたお題のとおりで、この世界に『なんで悪があるん？』てことなんやけど、ほんまは、こっちを一番目に持ってきたいくらいなんや」

「ワン、ワ、ワワ、ワン？」

「なんのことなん？　と言いたいん？　そうやな、悪というのは、
極端な例では、国同士の戦争があるやろ。戦争はつまり、武力で殺し合いすることやな。銃やミサイルで撃ち合って、家や学校や国土を破壊して火に包んでいるやろ。命を殺して大けがさせて、あれもこれも奪ってるやろ。派手にクラスター爆弾を投下して、こっそり地雷を埋め込んでるやろ。

たとえ休戦状態でも、油断せずに武器を調達して戦闘訓練し、何万発ものミサイルを配備して睨《にら》み合ってるやろ。そうせんといつ相手にやられるか心配やからやろな。

一つの国の中でも民族間でも、宗教間でも宗派の間でも、けなし合い、いがみ合ってるやろ。難民を生み、テロリズムを繰り返してるやろ。一方的に犠牲になるのは、いつでもどこでも子どもたちや。家族を殺され治療も受けられず、食べ物もなく死を待つしかないような状態が途切れないのに、なんで多くの大人たちはそのままなん？　関係ないん？

とりあえず戦争に蓋《ふた》してるこの国でも、いじめや殺人が絶えないやろ。だまして盗んで傷つけてるやろ。犯罪にはならない程度に陰湿に人の命を追い込んどいて知らんふりしてるやろ。大人たちのイライラや不機嫌が、子どもたちの歪《ゆが》みの元になってへん？

けど、どんな場面でも大人たちだって犠牲者と違うかな。自分では操っているつもりの大人たちも、実は、自ら仕掛けた見えない力に操られているように私は感じるんや。


私が言うてる『悪』というのはな、人が引き起こす悪のことなんや。難しいことばで言うたら人為的《じんいてき》悪やな。自然災害や自然発生的な病気なんかとは違うんや。

というても、手付かずの場所が珍重されるほど、人は地表まわりや口にする物にこれでもかと手を加えて、災害も病気もどこまでが純粋に自然の仕業《しわざ》か、わからんほどやけどな。

そんなん言い出したらきりがないけど、とにかく私は、人が原因で降り続いているこの黒い雨を一刻も早く止めてほしい、悲しい涙の一滴も、愚かな血の一滴も、できることならなくなってほしいんや。完全には無理でも今よりちょっとでも、できることなら劇的に、世界中の人々みんなが、穏やかに喜びの中で生きられる世界になっていってほしいんや。一部の裕福な人だけじゃなくてな。

そんな世界に大きく近づくには、法律や制度なんかも大事やろうけど、それより何より、なんで悪があるかということに気づく必要がある、と私は思う。これを難しいことばで言うたら、悪の原因の認識《にんしき》やな。認識して初めて人はほんまに変われると思うんや。人の欲や弱さは独《ひと》りでに活躍するから、悪い世界は放っておいても続きやすい。だけど、善い世界は形から整えて実現しかけても認識がなかったら長続きしないと思うんや。やさしいことばで言うたら、なんで悪があるん？　別のことばで言うたら、お月さんがうわごとで言うてた『ねずみの通り穴』を突き止めることかな（余計ややこしいか）。

たとえば、『戦争』が悪いことと知っていながら、なんでなくならないかというと、悪いことと知っていても、ほんまはわかっていない、認識が足りないんやと私は思う。

それは『知識』と『知恵』の差、単に知っていることと、ほんまにわかっていることの差やと思う。この『戦争』の部分を、いじめ、犯罪、貧困、差別なんかに置き換えても同じことやと思う。そして、ほんまに世界が変わってほしい。ポチ、たのんだで」

「ワワン、合点《がってん》。」

ああ、ビックリした。けどまた、えらいこと引き受けてしもたな。

あれ？　せんせい、いてへんがな。どこ行ったん？
ちょっとの間のつもりだったけど、えらい時間たってしもたんかな？
うらしま太郎さんみたいになってたらどないしょ？
せんせい、遅うなってごめんなさい。ちゃんと敬語使わんでごめんなさい。
せんせい、せんせーい、ワンワン、ワンワーン。
あれ？　なんやこれ、もしかして、書き置き？」

4 月の書き置き

（ポチへ）

私は、また旅に出ます。まだまだ修行が足りないことが、よくわかりました。ずるずるとまらない話になってごめんね。ポチも亀に乗って地球にお帰り。途中で流されてしまわないように気をつけるのよ。

と思ったけど、すべての人の中に棲《す》む少数派のちぃちゃんのために、そして、これから地球に生まれいく子どもたちのために、もう少しだけお話の続きをさせてもらいますね。旅に出るのはその後にします。しんどかったら、先に帰っていていいですよ。いつかまた思い出して気が向いたら、ここに戻ってきてね。

ちぃちゃんは、

「命が尊いってほんまなん？」

「なんで悪があるん？」

と問いかけてきましたね、なんだか二つで一つの問いのように。

こんなこと思っている人は、あまりいないだろうなあ、ちぃちゃんは周りから浮いてしまっていないのかな、と私は余計な心配をしてしまいます。一方で、人が抱えるほとんどすべての問題の核心がこの問いに濃縮されているようにも感じながら、私は勝手に共鳴しています。

私は、何とかして、ちぃちゃんの問いに応えたいのですが、生身《なまみ》の命を生きていないので何かにつけ実感に乏しい部分があります。でも、だからこそ命への強い憧《あこが》れがあり、生命豊かな地球をうらやましく思い続けています。

こんな私には満足な答えなんてほど遠いでしょうが、完璧を求めて次の旅に出ていたら手遅れになるような気がしてなりません。だから今、正解のない答えをここで探ってみたいのです。

新月のページ（生命と悪について）

この広い宇宙の一角で、地球は、まるで生命を育《はぐく》む意思があるかのように、まるで地球という星自身が生命であるかのように、何十億年もの時をかけて生命のための環境を整えてきてくれました。そもそもは種を蒔《ま》き、光をそそぎ続けた太陽の仕事かもしれません。宇宙のもっと大きな意思なのかもしれません。あまりにも壮大な偶然かもしれません。

私が宇宙や地球の話をしてきた理由、それは、地球が少なくともこの近辺では例のない生命豊かな星であり、一つの命がそこに当然のようにあるためには、万倍の万倍の万倍、そのまた万倍の万倍の人智の届かない準備や序曲《プロローグ》があったことを伝えたかったのです。

でもね、矛盾したことを言うようだけど、宇宙のことも地球のことも、知らなくたって死にはしません。私がしてきただらだら話も絶対的なものではありません。それは、かしこい人たちが観察や研究を積み重ねてきて、今の時点で確認できたことや、おそらくこうだろうという推測なのです。これからも次々と驚きの新事実が発見されていくことでしょう。今までの推測がどんでん返しになるような事実も発見されるかもしれません。

そうです。星の名前も大気の成分も知っているからといって何か立派なわけではないのです。実際、世の中には、宇宙のことなどほとんど知らなくても、何も言われなくても、命を大切にする人がいます。その逆に、宇宙に限らず豊富な知識がありながら、生命を軽んじて冷淡にふるまえる人もいます。両者は何が違うのでしょう？　両者といってもその中間の人もたくさんいるし、誰もが両方の部分を持ち合わせているとも言えるでしょう。

月から見上げる地球には、二人の「私」が映っています。

命を大切にしようとする「私」と、命を軽んじる「私」です。

命を大切にしようとする「私」にあるもの、それは命への畏敬《いけい》です。

命への畏敬とは、命の不思議や美を感じ、命そのものをそっと尊敬できる心です。でも、命を軽んじる「私」は、そんなことばに反射的に反発を感じます。さらに、命に対する見限りがあります。それは、命なんてたいしたことないとか、つまらないと決めつけることです。

命を軽んじる「私」の反発は、もっともな事とも言えるのです。なぜなら、命には不完全な一面があります。

永遠の命というものはなく、どんな命にも終わりがあります。けがや病気は間近でいつでも待ち構えています。あっけなく死んでしまう「はかなさ」もあります。人は洞窟《どうくつ》に住んでいた頃から野獣に怯《おび》え、敵に怯え、落雷に怯え、いろんなものに怯え、いつその命が終わるかしれない不安や緊張の中で生きてきました。命は誰にとっても昔も今も、行き先表示のない片道乗車券のようなものだったのです。

しかも、人は空気や水だけでは生きていけません。他の生き物の命をいただいて、体じゅうの細胞が入れ替わり続けることで、何十年も、人によっては百年以上も、生きられるのです。人は生き物をおいしく感じながら食べて、栄養を得ます。食べられない状況が続けば自分が死ぬことになります。

それに、人にとって害のある生き物もいます。人は我慢し続けるわけにはいかず、叩《たた》いたり、薬品をかけたりします。そして、命を殺すことに慣れっこになります。

一方で、「命を大切にしよう」と校長先生はおっしゃいます。でも、そんな瞬間でさえ人は革靴《かわぐつ》で蟻《あり》を踏み潰《つぶ》しているかもしれません。一つの命が生きていくことは、わざとでも、そうでなくても、他のたくさんの命を奪っていくことでもあるのです。

命には不可解な（よくわからない）一面もあります。

いったいなぜこの命があるのでしょうか？　人は何のために生きているのでしょうか？　…お金を稼ぐため？　幸福になるため？　夢をかなえるため？　仕事して社会に貢献するため？　民族や国家の繁栄のため？　人類の繁栄のため？　では人類以外の生き物の命は何のため？　嫌われ者の蚊《か》やゴキブリは？

しっかりした人は、そんな疑問には深入りせず、自分や身近な人が少しでも幸福になるようにと願い行動します。幸福を求めて堅実に生きることは、何より確からしく思えるし、生活の安定や品行の良さにもつながる自然なことでしょう。

しかし、この命が何なのか、突き詰めれば何のために生きるのか、人それぞれの解釈や信念はあっても、ににんがし（2×2＝4）のような疑問の余地のない正解はどこにも見当たらないのです。私が無知なだけでしょうか。

不完全で不可解な命…。人は大昔から、命の不安、命のはかなさ、命のなぞ、命のもどかしさなど、一言《ひとこと》で言うなら「生の不安」とでも表現するしかない荷を背負い、もがいてきたのです。そこへさらに、命の残酷や不平等と思える現象を動物の世界に見て、自分たち人間の世界にも見ます。人間がときには意地悪に、ときには冷酷残忍になる姿を見聞きし、自分でも辛い目にあうし悔しい思いもします。他の人と比べては、自分の生い立ちや今の境遇や身体的なことを不幸に感じることもあります。

だから、命への畏敬などと言われても、心のどこかで反発してしまうのです。反発しないまでも、ぴんと来ないか、何かひっかかるものがあるのです。

人は、その「生の不安」を打ち消そうとせずにいられません。

自然界の「力」あるものが生き残る図式は人にわかりやすく映ります。小さな魚を大きな魚が捕食し、その大きな魚をもっと大きな魚が捕食するのを知って、人は、これを「弱肉強食」とか「生存競争」と解釈します。

人間社会での「力」は文字どおりの力より、財力（経済力）が最大の力で、それを産み支える力として、学歴、職業、地位、世渡りや口先のうまさ、見映《みば》えなどになります。

国のレベルでは、これに国土や人口や軍事力も加わります。

人は、「生の不安」を「力」で打ち消そうとします。そのとき、「力」を強くしようとすればするほど、「力」を徹底しようとすればするほど、命の畏敬などとはいっていられません。むしろ邪魔になります。

「生命なんて放っておいても勝手に湧《わ》き出てくるもの、人間にしてもちょっとばかり複雑になっただけで元々ずるくて性悪《しょうわる》な動物」と割り切れば、人間の命だって魚の命と大差なく感じられます。貧富の差や戦争さえも、いくらか正当化された気分になります。

ちょっとここで話がそれますが、人は花や野菜を「作る」と言います。同様に、人は子どもを「作る」と言います。でも、最初に種を蒔《ま》き、水や肥料の与え方や育て方を知ってはいても、その生命力のみなもとを知っているわけではありません。

植物なら、地に落ちた一粒の種がひとりでに芽を出し、茎が伸び葉が茂り、葉脈が複雑に広がり、蕾《つぼみ》ができて花開くのはなぜでしょうか？ 蝶《ちょう》や蜜蜂《みつばち》に受粉させて次の種を抱え、その種を風に乗せたり動物に運ばせたりして、次の土壌《どじょう》に届けようとするアイデアや仕組みはどこから出てきたのでしょうか？ ＤＮＡに刻まれた遺伝子情報がそうするのでしょうか？ 誰が（何が）その情報を刻んでいるのでしょうか？

人なら、０・１㎜ほどの受精卵から始まる命は、栄養や酸素をもらいながら、おかあさんのおなかの中を移動し成長するための場所に着床《ちゃくしょう》します。鰓《えら》やしっぽもある稚魚のような姿を経て、身長１㎝になる頃にはもう小さな内臓ができ始め、心臓も脈打ちます。頭と胴体は別れ、手や足、眼や鼻、耳や口などの元の形ができ、膵臓《すいぞう》はインシュリンを、腎臓《じんぞう》はおしっこを、肝臓《かんぞう》は胆汁《たんじゅう》を作り始めます。小さな命は、羊水の海で少しずつ成長しながら人らしい姿になっていきます。手足を曲げては伸ばし、指しゃぶりやしゃっくりもします。臍《へそ》の緒《お》で結ばれたおかあさんから栄養をもらい、おかあさんに老廃物を渡し、間もなく生まれ出ることになる世界の音に耳を澄ましています。

おかあさんは、「さて、胎盤《たいばん》を用意しましょう。そろそろ、心臓をこの位置にこしらえましょう。では、指を5本に分けましょう」などとは思いません。おかあさんには、料理を作るときのようなレシピがあるわけでも、機械を組み立てるときのような設計図や手順書があるわけでもありません。おかあさんは、いろんなことに気を配りながらも、小さな命の成長そのものは生命の不思議な力にゆだねているのです。

めだかのたまごより小さなたった1個の卵細胞が、それぞれの役割を担《にな》った何十兆個もの細胞になるまで細胞分裂を繰り返し、約10か月かけて人の体へと成長していく神秘で緻密《ちみつ》な過程。光の届かない世界で、小さな命とおかあさんの体が、着床の前後から誕生の瞬間まで綿密に協力し合う姿。それらは人の手の及ばない生命自身の営みなのです。

でも、人は子どもを「作る」と言います。人にとって役に立つ生き物なら「資源」と呼び、困ったら「処分」します。それは表現上のことで普段は何ともないでしょう。それでも、何気なく口にするそれらのことばで、人は知らぬ間に思い上がっていくことがないでしょうか？

人間は地球上で一番かしこい生き物です。きっと太陽系でも一番でしょう。ひょっとしたら銀河系でも一番で二番はチンパンジーかもしれません。しかし、生命に対する謙虚さを見失ってしまったら、勉強ができる銀河の駄々っ子に過ぎません。動物実験をおもしろがる学力優秀な学生が子どもたちの先生や医者になることがあります。その優秀さゆえに特定の子どもを伸ばし特定の患者を救うこともあるでしょう。しかし、その特定の人たちを含む大勢の人に、少なからず負の連鎖を招いているのです。

さて、私はまた、自分で言っておきながら混乱してきました。いったい、何を言おうとしていたのでしょう？　ポチはまた、呆《あき》れているんだろうな。

でもたぶん、こういうことかな…。

月には悪はありません。戦争も貧困も飢餓もなければ、いじめや虐待や殺人もありません。たとえ地球上でも、石と石が裏切ったり殺し合ったりすることがないように、生命がないところには悪もないのです。生命があるところに、もっと絞り込めば、人間の生命があるところに、悪もあるのです。

　動物も生きるため、相手をあざむき生死をかけて戦いますが、人間は、ことばや道具を使い、意味を求め、損得のことが頭を離れず、複雑なことも大がかりなこともできるので、深い悲しみや苦しみや恨みに発展し、それが持続もするのです。

そうです。悪は、まさに人間の生命のあるところにあるのです。

しかし、生命そのものが悪ではないのです。

悪は、生命に対して人間がどう思い、どうふるまうかで発生するものなのです。

生命がどこから、何のために、やってきたのか？

…私にはわかりません。

生命が尊いものかどうか？

…尊い、と私は感じずにいられませんが、正解を見たわけではありません。

銀河の中の地球という星は、
⑴幾多の生命の条件が、幾重にも偶然に複雑に積み重なった結晶なのか？　それとも、
⑵何か不可思議な意思によって入念に用意された賜《たまもの》なのか？

…⑴なら、それはそれで奇跡の中の奇跡でしょう。人が宙に浮き神聖な像が血の涙を流すことを人は奇跡といいます。しかし、地球とその生命こそ何よりの奇跡なのです。

私は⑵のような気もしてなりませんが、それもまた最高の奇跡でしょう。


そうなのです。根源的なことは、ほとんどわかっていないのです。宇宙も地球も生命も人間にわかっているのは、ほんの少しのことだけなのです。だけど、わからないことは人間の責任でもないのです。星に手が届かなくても人間に責任はないように。

人間に責任があるとしたら、一つひとつ授かった命を、どう受け止め、どう生きるか、誠に実に、そこにあるのではないでしょうか。


命が尊いと思える人は幸いです。

ですが、素直に命が尊いと思えない人もまた幸いです。なぜなら、そこには本当の姿ではない世界への「気づき」と「抗議」があるからです。

だからといって、命を見限らないでほしいのです。

命を見限ることは簡単です。でも、そこに悪は巣くうのです。

命を見限らないでください。

「考えすぎね」と、人は言うかもしれません。

そう、誰もわざわざ「命を見限ってやろう」とは思っていません。思ってないけど見限っているのです。まさにそれが困ったところなのです。

命の見限り、その行きつく先が、武力での殺し合い、戦争なのです。

半月のページ（戦争について）

戦争があってはならないと切に願う有名無名の人たちがたくさんいます。そこには、命への畏敬があります。人間のあらゆる愚かさにもかかわらず、人間をどこか信じていたい頑固《がんこ》さと柔らかさがあります。人間がなれる理想の姿への瑞々《みずみず》しい憧《あこが》れがあります。しかし、夢見るだけの理想家であってはならないことも、知っています（たいていは）。

人間は良くも悪くも感情の動物であることを、知っています。
人間が作った機械も暴走することを
おもちゃでも武器でも、あれば、それを人は使ってみたくなることを
どんなに悲惨な戦争も人の記憶とともに風化していくことを
人間は過ちを繰り返してきたことを
戦時には（とりわけ戦場では）、普通の人が別人になってしまうことを
力に力で対抗しようとする限り、緊張が緊張を増幅していくことを
紛争が武力によって本当に解決するわけではないことを
一発の砲弾が撃ち込まれるとき、
生まれたばかりの命が、歩き始めたばかりの命が、
何千、何万回の朝を迎えてきた命が、
一瞬で奪われ焼かれ傷つけられ、代わりに新たな悲しみ憎しみが生まれることを
次に核兵器が使われるとき、世界が終わってしまうかもしれないことを
知っています。

人類は始まったばかりなのです。地球誕生から46億年、そのうち、ホモ・サピエンス種が大地を踏みしめたのは、やっと20万年前（23時59分56秒頃・49ページご参照）、人の築いた光景なら２００年にも満たないものがほとんどなのです。大地といっても人は大陸の海岸によう

やく最初の一歩を踏み入れたところなのです。

その先に、遥《はる》かに永い未来の可能性が広がっているのに、人は、自らの手で今にも世界を終わりにしようとしています。

地表や海面上の見えない境界線をめぐって、小競《こぜ》り合いを繰り返しています。我々の神こそ絶対で、お前らの神は作り物だと貶《けな》し合っています。我々の主義こそ正しく、お前らの主義は間違いだと非難し合っています。核兵器を互いの頭上にかざして牽制《けんせい》し合っています。核兵器、月に映るそれは、地球や生命に対する特大の思い上がり、裏切りです。

遥かに永い未来、といっても永遠なわけではありません。

地球と同い年で46億歳の太陽は今も、人類に気づかれないくらい少しずつ輝きを増し続けています。その影響で、あと10億年もすれば、地球も超高温になり、生命の住める星ではなくなります。今から約50億年後には、太陽は燃料の水素が底を突き、何百倍にも膨らみ再び縮んで終わりを迎えることもわかっています。一つひとつ授かる命が永遠でないように、つないでいく命にも終わりがあり、太陽にも地球にも終わりがあるのです。何十億年という時間の流れの中で、地球に生きる命は、束《つか》の間の「生命の楽園」にいるのです。

巨大隕石《いんせき》が衝突する可能性もあります。過去5000万年に1回の割合で、直径10㎞級の巨大隕石が地球に衝突しています。その衝撃は地表を何十mもめくり上げ、超巨大地震を起こし、津波は何百、何千mもの高さに達します。山奥でも助かりません。舞い上がった無数の岩石は大地に突き刺さり、粉塵《ふんじん》は太陽の光を遮《さえぎ》り続け、生き残った植物も動物も、そのほとんどが、やがて死滅してしまいます。やや小規模な隕石なら、もっと頻繁に衝突しているし、巨大彗星《すいせい》も横切っています。それらを現実的に回避できる方法は人類には今のところないのです。他にも地球全体がいつ恐ろしいウイルスや極限的な天変地異にさらされるかしれません。しかしその前に、太陽の寿命や巨大隕石の衝突や未知の脅威を待つまでもなく、人は、自ら核兵器で地球を滅茶苦茶にしてしまうかもしれないのです。

世界各地で、爆弾を自らの体に巻きつけた（巻きつけられた）自爆テロが繰り返されています。その行為が非難される一方で人類全体も、最も残忍かつ効率的に生命を否定する核兵器という爆弾を地球に何重にも巻きつけて、自爆体制をとり続けているのです。

核兵器がひとたび使われることになれば、その一発は何万人もの人命を奪い、死をまぬがれた被爆者の残りの人生も、その子孫までも苦しめ続けます。

使わないのに（使うわけにはいかないのに）、製造や配備や維持に莫大な費用がかかり続けます。何万人どころか、何十億人という全人類を何度も殺戮《さつりく》できる量と威力の核兵器がありながら、人々の視界には入ってこないだけなのです。

核兵器の恐ろしさは、その桁外れの破壊力や非人道性だけではありません。スパイのように人知れず意識の下にもぐり込み、人々を刹那的《せつなてき》気分に引き込みます。それは、

「正直に生きたって、全面核戦争になったら何もかも終わってしまう。それなら、他人のことも未来のことも知ったことじゃない。騙《だま》そうがごまかそうが見つからなければいい。見つかっても法にさえ触れなければいい。今の自分さえよければ…」のように。そしてどんなやり方だろうと、それでどれほどの人が泣こうと苦しもうと、「金《かね》になる」処世術や価値観が幅をきかせ、核兵器の存在から遮断《しゃだん》された世代にも受け継がれていきます。

核兵器は爆発しなくても人々を惑わすのです。月の思い過ごしと笑われるでしょうか。

「核兵器があるおかげで人類はこれ以上ひどい戦争を思いとどまっている」とも言われます（核抑止論）。今のところ、そうかもしれません。しかし、いざ核戦争やそれに類する大きな戦争が起こったら、核兵器があるおかげで…とは言えなかったことになります。百年先千年先までの永い時間に照らして、同じことが言えるでしょうか。

そして、核兵器の現状は廃絶どころか、なかなか削減されません。新たに開発を進める国もあります。新たに核武装を提言する政治家や識者もいます。人や数多《あまた》の動植物を乗せた地球という船ごと撃沈の危機にさらしながらも、核が自国民だけを護り抜く構想でしょうか。

紛争の種ならあちこちに転がっています。たとえば、地球が産んだ元々は誰のものでもない自然の恵みやエネルギー資源…「お前が悪い」「いや、あんたとこが悪い」「こっちが先だった」「こっちこそ先だった」「嘘をつくな」「そっちこそ嘘つくな」…どの国も今より豊かになりたいし、今ある権利を失うわけにはいかないのでしょう。だけど、いつか果てるものにしがみついて、果てのない喧嘩をしている場合でしょうか。
世界中が本気で協力し合えば、不可能とかまだまだ先と思われた技術もずっと早く達成できるでしょう。千年万年単位で持続する安全で後始末のできるエネルギーさえも。夢のような斬新《ざんしん》なアイデアも次々と実現されていくでしょう。命への見限りが、その可能性に蓋《ふた》をしているのです。利権がらみのずるさや弱さが、その可能性の足を引っ張っているのです。エネルギーだけでなく、いろんな問題に共通することとは思いませんか。

人間は、いつの時代にも地球上のどこかで幾多の戦争をしてきました。その原因が何であれ、戦争は人の尊厳や優しさを押し込め、異常性や残忍さを引き出してきました。未開時代には、山の向こうに住む鬼を恐れ、海の向こうに住む悪魔を恐れていました。彼らが鬼でも悪魔でもなく、自分らとは肌の色や髪の色がいくらか違い別のことばをしゃべる人間とわかっても、その人間の中に潜んでいる鬼や悪魔を恐れてきました。やられる前にやっつけろという気にもなりました。しかし、この世界に鬼も悪魔もいません。

人間を戦争に駆り立て後押しするのは、鬼でも悪魔でも敵でもなく、人間自身に宿る「生の不安」なのです。その不安がくすぶり視界をふさぐとき、不幸な独裁者や指導者の出番となります。ところが、雄弁で行動力があり不安とは無縁に見えるその人たちこそ、たいてい「生の不安」に取りつかれていて、不安をかき消すものを一直線に求めます。

だから、国民がどんなに困窮していても、自分たちだけは美食を満喫し、豪勢な住居に住み、贅沢《ぜいたく》品で身の回りを飾ります。そして（または）、正義を謳《うた》い、武力を仕向け、平穏に暮らす人々の土地に攻め入り、持ち物を略奪し、文化を剥奪《はくだつ》し、命を傷つけ、奪います。そして（または）、自国民の不満を他国民への敵意に巧妙に転嫁し、真実を黒く塗り潰《つぶ》し、物言えぬ息苦しい社会にして、国家の安泰と自分たちの安泰をはかります。その安泰には権力に従順で盲目的な国民性が求められます。自由のない国民の間には、他者への不信や憎しみが漂い、そのはけ口として戦争がお膳《ぜん》立てされます。しかし、不幸な独裁者や指導者は、（本人はそのつもりでも）真に国家や国民を護《まも》ろうとしているのではありません。多くは国家という大祭壇に「生きる意味や不安」を我知らず丸投げしているのです。…過言でしょうか。

人は生に執着します。必要以上の食べ物や持ち物などで不安を消そうとし、人から若々しく見てもらえるよう痛ましい努力もします。それは大いに自然なことでしょう。死後の名前や墓の立派さにまで納得してから死を迎えたい人もいます。しかし、生に執着することと生を大切にすることはその対象からして全然違います。生に執着するその生は、自分と自分に近い者限定の命です。一方、生を大切にするその生は、相手の命も、未来に生まれくる子どもたちの命も、できるだけすべての生き物の命も含むのです。

戦争に反対する心、生を大切にする心は、不完全で不可解な、だけど、自然にできたにしては見事すぎる「命」そのものへの畏敬からくるのです。畏敬なんて意識しなくても、人のその眼差《まなざ》し、笑顔、泣き顔、怒った顔、命の不思議…すべてひっくるめた、いとおしい命を慈《いつく》しみ守りたいのです。

しかし、強大な独裁者も、たった一人で戦争を起こし戦争を続けることはできません。小さな独裁者は、誰の中にいても驚きではなく、知らないうちに戦争に与《くみ》してしまうこともあるのです。自分で平和主義者とか正義の使者と思っている人でさえ。

おかしなやつと思われることを承知で、私は申し上げます。

世の中には少数とはいえ戦争が好きな人がいます。しかし、さらに、残りの大多数の人の中にも、戦争にはほぼ反対ながら、生命を軽んじる人が実はたくさんいます。

人はたいてい、死にたくないし戦争の悲惨さはいやだから、戦争に反対します。

それでも、憎しみが波打つ世界では、身近に戦争の被害が及ばないのなら、

ちょっとは（奥歯1本分くらいは）戦争もやむを得ないと思いがちです。

さらに、自分の信条や収入がどこかで戦争とつながっていると、戦争の可能性が本当になくなってしまうのは受け入れがたいので、

いくらかは（前歯3本分かそれ以上）戦争もあって当然となりがちです。

いずれも、自分に身近でない生命は、どこかに押しやられているのです。

しかしそもそも、戦争に反対するけど生命を軽んじる、ということ自体、おかしなことです。

それは、飲酒運転は許せないがそれで死者が出るのは仕方ない、と言っているようなもので

しょう。そこへ人間の攻撃性も加担します。文明人と呼ばれる人たちの攻撃性は「生の不安」の反動として現れ、たやすく攻撃性の「やり場」を求めてしまうのです。「やっつけろ」「殺せ」「戦争で懲《こ》らしめるしかない」と。さらには、過酷な競争社会や戦闘型ゲームに浸っていると攻撃性に火が付きやすくなります。戦争の芽は一部の権力者だけにあるのではなく、戦争とは無関係に思える人にもある、と私は言いたいのです。

友情も平和も自分を知り相手を知る姿勢から生まれます。人と人の間に必要なのは力ではなく、「ことば」の橋渡しなのです。音楽やスポーツが国境を超えて人をつなぐように、ことばを通して理解も共感も広がっていくのです。自由な言論を封じようとする力、権力への忠誠や特定の信仰を強要する教育や風潮は、そこから間違っているのです。

「そんな寝ぼけたことを言って、敵が攻めてきたらどうするのか？ 話せばわかるような相手ではないのに。甘っちょろい」と言う人がいるでしょう。

確かに、一部の独裁国家の指導者や軍部、国際的テロ組織などは、攻撃の機会を伺っているように見受けられます。世界から見れば歪《ゆが》んでいても、そこにいたら正当と信じて疑わなくなるような動機がすり込まれ、憎しみが煽《あお》られ戦意がかき立てられるのでしょう。一方、民主国家とされている国でも、ある種の人々は、ビジネスとして冷静に戦争の機会を狙《ねら》っています。武器を売り込み、紛争の火種が消えないよう空気を送り続けています。積極的に周到に憎しみの苗を植え付け、戦争で富を一手に握ろうとする人々までいます。

また、暴走する可能性の高い国や組織ほど、権力者は生命を極端に軽んじます。人権などないに等しいような扱いが普通にまかり通っています。国内でそれだから国外に対しても同じような感覚で出てしまうのです。そこに「争いは止めて仲良くしましょう」と、百千のことばを並べても、余程の実利的な贈り物でもセットにしない限り、大概空《むな》しく跳ね返されるでしょう。だからこそ、ことばが真に有効であるためには、命が無理なく尊く思える社会の下地が必要なのです。少なくとも、そんな社会に向かっている気運が必要なのです。相手を批判したり非難したりするより、まず自分たちの足元から。

程度の違いがあるだけで、同じように生命を軽んじる社会から呼びかけても、奥底での説得力に欠けるのです。「お前らに言われたくない」となるのです。

生命を重んじようとする社会ならでは芽吹き育《はぐく》まれる自由な文化や技術…そこから滲《にじ》み出るほどのことばなら、やがて国境も不信も越えて行くでしょう。


「そういうのを平和ボケというんだ。危機感がないばかりか人間を買い被《かぶ》りすぎている。本当に今、敵が攻めてきたらどうするんだ?」と言う人もいるでしょう。

では、平和ボケらしい柿《かき》の木のお話をいたしましょう。あなたの庭には、1本の木があります。それは、あなたが何年もかけて育ててきた平凡ながらも大切な柿の木です。毎年、凍《い》てつく寒さの冬に耐えると、春には新緑の葉を広げ、初夏には可憐《かれん》な白い花を咲かせ、夏には木陰を作り、秋には甘い柿の実をたわわに実らせます。

そこに、ある日、斧《おの》を振りかざして敵が現れ、「切るぞ。いうことをきかなかったら、こんな木、切ってしまうぞ」と、本気で脅してきたら、あなたは、「馬鹿《ばか》なことはやめなさい」とか「あっちへ行け」とか、ことばで説得しようとしますが、敵はおかまいなしに今にも飛びかかってこようとします。

あなたは、こんなときのために用意していた斧を振り回して敵を追い払います。どんなことばよりも斧は効き目があって、現実的と改めて思い知ります。斧がなかったら、木が切り倒されるどころでは済まなかったかもしれません。

ところが、敵を何度追い払っても、またやってくるので、あなたは斧をかついで敵の地まで出向き、同じような木の下で、結局、敵と同じような科白《せりふ》をはきます。今度は、互いに斧に加えて、ごつい鋸《のこぎり》を持ち出し、そしたら次は、互いにチェーンソーの爆音を唸《うな》らせて昼夜問わず脅し合います。脅すだけでなく、実際に衝突することもあるでしょう。

延々と続く争いで、家計が疲弊しようと、家族の体や心が病もうと、あなたは一歩もひかず、弱みを見せず、木を守り抜きます。敵が、「こいつは骨のあるやつ、怒らせたらやばいぞ、へたに手を出したらやられるぞ」と、学んで別の人の庭に生えている木に切り替えることを、あなたは目指すのでしょうか？　敵はもう攻めて来ないでしょうか？

恒久平和を願う人々は、人間が愚かな行いに走ってしまう危機感があるからこそ、人間を買い被るのでも見限るのでもなく、ことば（対話）の可能性を信じようとしているのです。

そもそも、「敵が攻めてきたら、ことばなんか無力、武力こそが現実的」という主張はフェア（公平）ではありません。

ことばは、命を生み育てること、物を作ることに似ていて、知恵や忍耐を要し時間のかかることです。即効性は期待できなくても仕方ないのです。

一方、武力は、命を殺すこと、物を壊すことに似ていて（というよりも、そのもので）、強力で即効性があります。ためらわなければ瞬時に終わることもあります。樹齢何百年の木だろうと、その気になれば人は、あっさり切ってしまうように。

武力には武力、それが現実主義というのなら、そのとおりかもしれません。しかしそこには、人間の直線的な危うさが厳としてあります。現実便乗主義とでもいったほうがよさそうな人々も闊歩《かっぽ》しています。

今、敵が攻めてきたら…まさにそんな状況を作らないために、「ことば」を尽くして対話してほしいのです。ことばは自国の権利を主張し他国を非難し合うだけなら、不快さが残り無力さが増すばかりでしょう。対話が困難なときこそ、・天から見た地球　・過去と未来をつなぐ現在　・不完全ながらも素晴らしい生命　・生き物の頂点に立つ人類としての責任…どうか、これらの視点に立ち返ってください。そして、世界中で知恵を出し合って、戦争やテロや犯罪を誘発する社会の仕組みを本気で変えていってほしいのです。じれったく思えても紛争の恒久的な解決は、唯《ただ》そこにしかないのです。
そうした真剣な取り組みが不十分なままに、もめごとの種蒔《ま》きをしながら、「武力なき外交は無力」というのは、人間自身への、あなた自身への侮辱に他なりませんか？

いつか地球に生命が住めなくなる前に人類は別の惑星をめざすかもしれません。小惑星が地球に衝突する前にその軌道を変えられるかもしれません。しかし、そんなにまでして生き延びたとして人類はそのときそこで何をするのでしょう？　今でさえ危ないこの星で滅亡から逃れ生きながらえたとしても、どこか窮屈で攻撃的な気質が未来に蓄積されていかないでしょうか？　すでにその兆《きざ》しが方々《ほうぼう》に出ていないでしょうか？　未来の人類が生きる地球を準備するのは今の人類なのです。今生きている一人ひとりが、今と未来に責任があるのです。この当たり前のことが、あまりにもぞんざいにされていませんか。

世界に悪は絶えず繰り返されるのに、何とかやっていけている人々の多くは、その悪に切実になれません。それは、病気やけがのただ中にいる人がその苦痛が遠ざかると、切実さがなくなるか薄れるのと同じです。それも紛《まぎ》れもない人間の姿です。
だからこそ、戦争をなくすには、少しずつでも意識して切実である必要があると思うのです。待機するミサイルに、地雷に近づく裸足の子どもに、今逃げ惑っている人々の恐怖に、自分のこととして「想像力」を持ち続けてほしいのです。一週に一瞬でも。

しかし何とも勝手ながら、戦争については一先《ひとま》ず閉じることにします。三つめの星に別口《べつくち》の続きがあります。「勝手すぎ」と言われるかな？

もちろん、戦争や核兵器だけが悪ではありません。殺人や盗みや詐欺などの犯罪も、犯罪には数えられなくても人が人を苦しめることも、日々様々な場面で繰り返されています。

私の一番の願いは、地球から戦争がなくなることです。しかし、もう一つだけ優先して願いが届くなら、子どもたちです。子どもたちの自由と成長です。遠い国に、そう遠くない国に、あなたのすぐ近くに、人の世の闇《やみ》の中、悲痛な生を生きる子どもたちがいます。

満月のページ（子どもたちについて）

子どもたちが、虐待されています。

「泣き止まないから」と、「いうことをきかないから」と、「かわいくないから」と。

ある子は首もすわっていない頭を激しく揺すぶられました。ある子は床に何度も投げ落とされました。ある子は熱湯をかぶせられました。ある子は食べ物もまともな服ももらえず殴られ蹴られてあざだらけにされました。中には、ことばの暴力で、態度の暴力で。

死んでしまった子もいます、ただ泣くしかなく、逃げることも抵抗することもできず。

一生背負っていく体の障害が残った子もいます。もちろん、心にも。

「親の私たちが作ったんだから、どうしようが勝手」と、大人は言います。

「イライラしていた」と、「しつけのためだった」と、

「自分も子どものとき、親や周りから同じようにされた」と。

だけど、

子どもは、決して、親や大人の持ち物ではないのです。

一つの小さな命は、原始の海からの何億年もの記憶を受け継ぎ、人の意思を超えた不思議な生命の力が宿ってこの世に生まれてくるのです。子ども一人ひとりの命が、宇宙から地球に、地球から人に託された大切な至宝《しほう》なのです。そして子どもたちには、個人の無限の可能性とともに未来が託されているのです…社会や人類や地球の未来が。

子どもは大人の不満やストレスのはけ口として生まれてくるのでもありません。しつけに名を借りた八つ当たりの的《まと》でもありません。とはいえ、大人もまた、その親やゆがんだ社会の被害者かもしれません。しかし、そこには「断ち切り」こそが必要なのです。自分の受けた苦痛や憎しみを子どもに引き継いで何になるでしょう。

断ち切りは簡単にはいかないこともあるでしょう。その試練を少しでも軽くし、その先に来る安らぎを確かなものにするには、個人のがんばりだけでなく社会全体ががんばって変わっていく必要があると思うのです。子どもも生命も慈《いつく》しめる社会へ。

世界には、わずか5歳で重い労働をさせられる子どもたちがいます。

文字を読み書きできない、学校にも行けない子どもたちがいます。

けがや病気をしても手当てを受けられない子どもたちがいます。

異臭漂うゴミ集積場で、かすかな現金に換わるゴミを拾う子どもたちがいます。

マンホールに住んで寒さをしのぎ、ねずみに唇《くちびる》や耳を齧《かじ》られる子どもたちがいます。

次々と秒単位で、飢えや病気で死んでいく子どもたちがいます。

命を売買される子どもたちがいます。


なぜそのままにしておかれるのでしょう？　各国政府には、そんな余裕はないということでしょうか？　経済発展や軍備が優先ということでしょうか？

人々の地道な善意で一部の子どもたちは確実に助かっています。でも追いつきません。子どもたちの境遇は、世界中大勢の人々の生命への思いにかかっているのです。

命が素直に尊いと思えなくてもかまいません。もっと丁寧に命と接してください。できればどうか、子どもたちの命そのものを尊重してください。

子どもたちが間違っていると思ったら真剣に向き合ってください。しかし、厭味《いやみ》とか、皮肉なことばや態度とか、力でねじ伏せる姿勢には、命への尊重が欠けているのです。

この点、子どもたちは大人が思うより格段に敏感です。大人が「おまえのためを思って…」

と言いながら、子どもの命そのもの、存在そのものよりも、何か別のもののために、怒ったり不機嫌になったりしていることを、子どもたちは鋭く見抜いています…それが何かはぼんやりしかわかっていなくても。それはたいてい、大人の競争社会での苛立《いらだ》ちや見栄《みえ》、大人自身の安心したい欲求、通帳残高の事情、等々なのですが。

子どもたちもまた、子どもたちの中で、残酷にふるまいます。大人が子どもを虐待し、大人が大人の命をもてあそぶように。ど突いたり蹴《け》ったり、持ち物を盗ったり隠したり、持ち物にいたずらしたり、集団で無視したりします。「死ね」とか「殺すぞ」とかいった氷のようなことばも飛び交います。

大人社会の「ひび割れ」が子どもたちにも伸びてきているのです。大人から向けられる憎しみやゆがみを敏感に感じてしまう子が、競争社会に翻弄《ほんろう》される子が、自分をコントロールできないまま、自分より弱いと思う子を、気に入らない子を、苦しめることで、自分に吹き溜《だ》まる憎しみを吐き出し、一時《いっとき》の慰みを得ようとしているのです。憎しみやゆがみを親や社会に直接吐き返す（反抗する）こともあります。憎しみが外には吐き出せず自分の体を傷つけてしまうこともあります。やられる側の苦痛もわからず、ゲーム感覚で加担してしまう子もいます。そのどこにも、本当の喜びなどないことは本人も感じながら。

子どもたちの「いけない」行為を大人は指導し止めさせます。それは差し当たって必要としても、大人社会は子どもたちの手本になっていると胸を張って言えるでしょうか？

大人は「ひび割れ」の補修に明け暮れ、それを職業として安住していないでしょうか？「ひび割れ」の根本原因に、真剣に向き合い、柔らかく取り組み、少しずつでも希望ある手本になっていけば、子どもたちの無用な屈折も減っていくのです。

すべての子どもは真っすぐな心で人生を始めます。なのに、まわり次第でだんだん屈折していく子どもたちの姿は、私には切なく、もどかしくてたまりません。

（ほんなら、ひび割れって何なん？）

今、ポチの声が聞こえた気がしましたが、そんなはずないので自分でやります。

それなら、ひび割れって何なの？　となると、それはどうしても、お金のことを避けて通れないと思うのです。

人が生きていくには、人社会の経済の中でうまくやっていかねばなりません。

ところが人は、生命を部品や材料のように感じてしまうと、「命」のための「経済」ではなく、「経済」のための「命」という関係にしてしまいがちです。

月には経済がありません。地球でも人間以外の生き物は、およそ経済とは無縁で生きています。月の私は地球のどんな分野にも素人ですが、特にお金のやりとりといえば私が最も不得意とするものの一つです。

「いばって言うこととちゃうで、せんせい」

あ、まあ、そうですね。いばってはないけどね。というか、ポチ、「書き置き」なのに、こんなとこで出てきたら不自然。後は、おとなしくしてなさいね。

「はーい」（またあとで出たろっと）

人の社会では、自分が食べたり使ったりする分以上に何かを作って、運んで、配って、それを別の人が消費するというお互いの関係があります。その間をお金が行き交って、人々は、喜んだり悲しんだり、やる気になったりがっかりしたりします。

お金の「経済」は、たぶん、元々は人間の「命」の営みを円滑にするために自然な流れで生まれたものでしょう。

人は昔から、物と物を交換したり、物と労働を引き換えたり、貝殻《かいがら》や麦に価値を持たせたりしました。金庫や財布で現金を出し入れするだけでなく、今や、大きな金額に限らず小さな金額まで、実物の貨幣ではない電子データでの決済が普通になりました。

お金の仕組みが複雑で高度になるにつれて、人間は、個人でも集団でもいろんな生き方をするようになったし、頭が鍛えられて、ますますかしこくなっていったのでしょう。

動物とちがって毛皮のない人間が、衣服を考え出し衣服を工夫し、デザインし楽しんできたように、お金の経済もまた人生を豊かにする大きな要素であったにちがいありません。

ところが、よほど気をつけていないと、お金の「経済」は怪物となって自分で暴れだすのです。今では、「命」のための「経済」ではなく、「経済」に仕える「命」になってしまったと感じるのは私だけでしょうか。

「せんせいだけちゃうで。ようわからんけど」

よくわからないのに、ポチはなんでそう思うのかな？（おとなしくしてないし）

「なんとなく」

たとえば？

「パッとは思い浮かばへんねんけど、なんとなく」

「せんせい、そんなことより、せんせいは宇宙中を旅したんやろ。それやったら、地球じゃない星でも、人間みたいにかしこい生き物がいてたら、戦争しとった？　やっぱり核兵器みたいな恐ろしいもん作っとった？　いいこともあるけど、傷つけ合ったり、殺したり、だましたりしながら進んで行くしかなかった？　やっぱり『命』より『経済』のほうがえらくなっとった？」

いや、それがね、ポチ。宇宙中といっても、太陽系の内側で精一杯だったのよ。しかも、想い出に残っている旅は地球に一回行ったときのことだけでね。後は、ぜーんぶ空振り。音のしない空間をどっちの方向にどれだけ行っても、前後、左右、上下、どこにも、誰もいないんだもの。ほら前に、ＵＦＯも宇宙人も見たことないって言ってたでしょ。

「そうやったっけ。ほんなら、何にも知らへんの？　じゃなくて、何もご存知あらへんの？　あれ？　ご存知あられませんのでしょうか？」

それじゃあ、ここらで太陽から聞いたあのお話をしようかしらね。それから、いいのよ私には無理して慣れない敬語使わなくて。私は何の免許も資格もない、なんちゃって先生ですからね。でも、本当の先生には、ちゃんとしたことばを使いなさいね。

太陽はとっても情熱的な星でね、太陽が知っているという「三つの星」の話を、真っ赤になりながら熱く語ってくれたことがあるのよ。あ、でも、太陽も元はといえば宇宙からの又聞きだったらしいし、私の記憶も怪しいので、少々変なところがあっても許してね。

ところどころ私の感想もちりばめておきます。

「三つの星、って何なん?」

三つの星、それはね……。

5 三つの星

☆一つめの星

この星は地球そっくりでした。この星の住人も地球の人間そっくりでした。太陽は熱心に長々と解説してくれましたが、人々が無数の残酷を織り交ぜながら迷走し、歴史を刻んでいく様子まで地球の生き写しのような星でした。だから、改めてごたごたした説明は不要かと思います…、「その頃」より前までは。ところが、

弱い立場の人ほど生活がますます苦しくなり、人々の不安や不満がいよいよ膨れ上がってくると、世界中で、ちゃっかりして好戦的な指導者たちの張り合う時代が続きました。そうして、より一層迷走するうちにこの星から、はたと音信が途絶えてしまいました。人々の暮らしも季節の移ろいも、わからなくなりました。何が原因でどうなったのか、その記録はどこにも記されないまま。

☆一つめ半の星

一つめの星の説明が予定よりだいぶ早く終わりましたので、ここに半分の星を入れさせてもらいます。太陽もほとんど忘れるところだったという星です。

この星には顕微鏡でしか確認できないほどの微小な生物が一時期存在しましたが、人間のような高等生物が生まれるには条件が厳しすぎました。だから、ここで取り立てていうほどのこともなく淡々と時は経ちました。

地球は、それはそれは生命にとって恵まれた星なのです。気候や環境に適した多種多様な生命が、それぞれの場所に泉のように生まれ出ては、逞《たくま》しく命の連鎖を繰り返す中で、やっとそこに人間も参加し生きていけるのです。

地球では、火星や別の惑星に人を移住させる計画があるようですが、それは無謀で不急なことと申し上げます、少なくとも今（21世紀前半）の段階では。

水を差すようですみません。しかし、どうか、宇宙と生命を甘く見ないでください。

それは、また一儲《ひともう》けのために命を置き去りにして画策されていませんか？　手元にある宝の泉を見過ごし、崖《がけ》の上の一か八かの宝石を欲しがっていませんか？　それは夢があって、長期的な視点から見れば必要なことかも知れません。しかし、それほどの高度な科学技術、情熱、資金を結集できるなら、その前に優先すべきことがありませんか？

私は切望します。この星の森林、平原、山や丘、海、川、湖や池が、そこに棲《す》む生き物が、人に飼われる生き物が、粗末にされることのないよう切望します。何よりもちろん、山間《やまあい》や海辺であれ、高層ビルの間であれ、そこに生きる誰一人としてその命が、粗末にされることのないよう切望します。

あらゆる不完全さを超えて命が力強く肯定されるところに好循環が芽生え根付いていきます。真実は単純なことなのです。

☆☆二つめの星

地球より一回り大きなこの二つめの星は、限りなく完全に近い生命の星です。楽園が星全体に広がったような感じで、これといった短所が見つかりません。

資源は無尽蔵にあるかのように豊富で、土地は肥沃《ひよく》で、極付近を除けばどこでも気候はだいたい穏やかです。どんなところの水も空気も澄み切っています。

外見だけなら地球の人間そっくりなこの星の人々は、生まれつきの温厚な性格で延びた平均寿命はなんと約２００年、しかもその大半を若く元気な細胞の状態で生きます。

天性の優しさと社会全体の優しさの中にあって、授かった生を大切に生き抜きます。体は強く、病気といっても微熱が出る程度。たいていのけがなら素早く完治します。そんなわけだから医学や病院も未発達？　と思いきや、人々は勤勉で研究熱心で時間もたっぷりあるので医学に限らず、どんな分野・方面でも深く高度な領域に達しています。しかも、労働は義務ではなく、予算やノルマに縛られることもなく、利益や地位を得るために働くわけでもないので、曇りのない仕事や研究成果を産みます。だから、難病さえもほぼ根絶して強い体を手に入れたのです。

この星には、戦争がありません。星の中で反目し合うための武器も軍隊もありません。犯罪も貧困も飢餓も失業もありません。差別もいじめも虐待も自殺もありません。警察も刑務所もありません。裁判所も特許事務所もありません。貨幣経済もありません。お金がないのです。したがって、銀行も証券取引所も、税金も保険も、レジも財布も家計簿もありません。

もしもこの星に地球の人々が行ったなら、あまりの「ないないづくし」に頭が混乱し、しばし放心してしまうかもしれません。

もしもこの星の人々に、為替と株の値動きだの、税引前当期純利益だのと、何かお金にまつわることを説明しようものなら、彼ら（彼女ら）は、きっと、「そんな時間も労力も惜しいし、折角《せっかく》の命がもったいない」と言うでしょう。２００年も生きるというのに。

「要するに、地球でのお金というのは、人々の欲望を調整するためと、人々が不安や退屈から逃れ、何かに紛《まぎ》れていたいためにあるのでは？　そのお金が逆に地球の人々の可能性や自由を閉じ込めていませんか？　人々を苦しめていませんか？」とも言うでしょう。

この星では、どんな物もサービスも、無償で提供し合い無償で享受《きょうじゅ》し合います。お金という価値基準も潤滑油も興奮剤もいらないのです。

人々の一生は、辛く苦しいものではなく、体力と知力の許す限り、どんなことでも挑戦できます。学問も職業も何度でもやり直しがききます。労働も教育も芸術もスポーツも、「みんなで生を楽しみ、みんなで可能性や充実を追求し、みんなで幸福になるため」にあります。しかも、それがゴールではなく、さらにその先にあるものを探し求めています。

地球の厳しい現実社会を生きる人々は、馬鹿馬鹿《ばかばか》しく感じることでしょう。

この星は、完全に近い条件のもと、それ以上成熟の余地などないかのような人々だけが住む優等生（星）だったのです。太陽からこの星のことを伝え聞いたとき、月の私でさえ地球ではあり得ないだろうし、つまらなくないのかな、と感じたことを覚えています。

だけど、星としての好条件や、人々の先天的な好条件に恵まれなければ、貧困も病気も戦争もないような世界は、どうしても不可能なことなのでしょうか？

そうとも限らないことを示してくれたのが、三つめの星でした。

☆☆☆ 三つめの星

この星は途中までは一つめの星と同じでした。地球にそっくりで、この星の住人も地球の人間にそっくりでした。不完全な星に生きる不完全な人々でした。大小いくつもの戦争をしました。犯罪も引っ切りなしでした。いろんなことに行き詰まっていました。けれども途中で脱皮を試み、少し時間はかかりましたが、厚く硬い殻《から》を自力で破りました。

この星のどこにでもいそうなある人は、あるインタビューに答えて、次のように話してくれました。

楽園のような世界に天使のような人々が生きているなら、戦争も犯罪もないでしょう。しかし、私たちはそうではない。私たちは不完全な星に生きる不完全な生き物です。楽園の天使を羨《うらや》んでも仕方ありません。無数の過ちを繰り返してきた私たちは、「不完全な中で完全に近づこうとする、その過程は完全なものにも等しいほど尊い」ことに思い至りました。

生命《いのち》が尊いか、つまらないか、私たちは正解を知りません。それでも、確かなことは、「生命がつまらないものと思えば、私たちはそのように生きてしまう」ということです。こせこせし何かと口汚くなり、ちょっとのことで腹を立てます。世界は殺伐《さつばつ》とし、戦争も犯罪もあらゆる悪も途切れることはありません。すべてこれらのことの根底には生命への否定があるのです。技術が進歩し情報が飛び交い、社会が複雑になればなるほど、それに乗って悪もエスカレートしていきます。

私たちの星に残酷が絶えなかったとき、私たちは、この世界が悪魔に操られているような気がしました。悪魔が「力」の支配する方向へ私たちを誘い、私たちが苦悩する様子を冷ややかに観察しながら、そのとおりに事が運ぶと満足げにほくそ笑んでいるような気すらしました。私たちは、残酷と一緒に悪魔も作り出して、何もかも悪魔のせいにしていたのです。しかし、悪魔などいません。

世界がどの方向に向かうかは、生命に対する私たちの思い次第なのです。たとえ、全宇宙が生命を否定しようとも、私たちは静かに肯定し確信します。「生命には美しく神秘な表情がある」と。そして「それが、とぎれとぎれの表情にすぎなくても、私たちは不完全ながらも、生命を大切にする存在でありたい」と思うのです。

だったら何？　とあなたは言うかもしれません。

それでは、論より証拠と言いますし、私たちの脱皮後の世界をご案内させていただこうと思います。ですが、折悪しく、うちのタマ子がまたいなくなりまして、今はタマ子を急いで見つけねばなりません。ご案内はタマ子を捜しがてらということでご了承ください。

タマ子といいますのは私が飼っているニワトリです。タマ子は、ときどきいなくなるのです。

●タマ子とフクちゃん

「タマ子ー、タマ子ー、ター、マー、こーーー」

やはり、ニワトリ小屋の周りにはいないようです。しかしまあ、だいたいの見当はついておりますので、そこらへんを捜してみます。

タマ子はうちで現在飼っているニワトリ6羽の中の一番古顔の雌鶏《めんどり》です。

タマ子はうちで親鶏がたまごから孵《かえ》しました。ひよこの頃はピヨピヨ鳴きながら小屋の中や外を親鶏に付いてちょこちょこ動き回り、その仕草といったら、それはもうかわいいものでした。私たちにもよく懐《なつ》いてくれました。タマ子がたまごを完全に産まなくなってから、かれこれ7年になります。たまごは産まなくても、食欲旺盛でえさを腹一杯食べるので、私は何度となく、もうトリ肉にして食ってしまおうと思ったのですが、タマ子は、どうしたわけか決行日当日になると行方をくらますのです。ニワトリでも20年ほど生きると聞いたことがあります。私としましても、それまで沢山たまごを産んでくれたんだし、これはもう、1羽くらい天寿をまっとうさせてあげようと決めた次第です。

　ところが、あまりにガツガツえさを食うものだから、やっぱり焼き鳥にして食べようと思い直したり、そうとう肉質も硬そうだから鶏《とり》がらスープにしてしまおうかと迷ったり、ふらふら決めあぐねているうちに、タマ子はこの付近でも最長老になり、毎年そのご長寿記録を塗り替えてきたのです。

　といっても、私はタマ子を特別扱いしているわけではありません。昼間は他のニワトリたちと一緒に小屋から出して自由に遊ばせてやります。えさはしっかり食べているはずなのに、地面をせわしくつついて、のべつ草花の種やら虫やら小さな石粒をついばんでいます。ニワトリたちには歯がないので、胃の一部である砂肝《すなぎも》の中にため込んだ石粒や砂粒でえさをすり潰《つぶ》すんだそうです。余談ですが、砂肝は私の大好物です。

　ニワトリたちは小屋の周りに飽き足らず、裏山まで遠出する日もありますが、遅くとも夕方には、ちゃんと小屋に戻ってきます。ところがきょうは、他のニワトリたちは全員、早々に戻ったのにタマ子だけ戻らないのです。夜になれば、ここらは鼬《いたち》が出て、無防備なニワトリは格好の餌食《えじき》になりますので、早く小屋に連れ戻してやらねばなりません。

　しかし、どうやら、畑にもタマ子はいないようです。ここは、小屋に一番近い畑なんですが、猪《いのしし》や鹿《しか》が夜にやってきて好き放題しますので、電柵《でんさく》で大きく囲って夜間だけ自動で弱い電流が流れる設定にしています。昼間は畑を休ませている一角をタマ子たちに開放していて、たいていここで遊んでいるのですが、タマ子はおりません。さてさて、どこに行ってしまったものか。

それはそうと、ニワトリを飼っているくらいだから、ど田舎を想像されるかもしれませんが、ここは昔あったような過疎地ではありません。脱皮した今、極端な過疎地はなくなりました。収入になる仕事や刺激を求めて人々が都会に集中する必然性はなくなったし、多少の不便さならむしろ楽しめる余裕ができたし、様々な柵《しがらみ》から開放された人々には、地方の、ともすると煩《わずら》わしかった過剰な付き合いも閉鎖性もなくなったからです。人々はどこでも、年齢や性別や能力に関係なく互いを尊重し、自分にできる範囲で助け合いながら暮らしています。

過疎地でないとは、若者や働き盛りの人を含めて人々の暮らしと仕事がそこにあり、子どもたちの元気な声が途切れないということです。田畑には作物が実り、山林もほど良く手入れされているということです。何より、将来に無理なく希望が持てるということです。

過疎が止まらなかった頃、若者が暮らしたくても仕事がなく、残っているのはたいてい老人で、空き家が増え、子どもが極端に減って小中学校は統合され、駅前の小さな商店街はほとんど閉められたまま、赤字の鉄道は間引かれるか廃線になり、田畑は荒れ放題で、一、二世代前に自然林を伐採して杉や檜《ひのき》を植林された山林は、安い外材に押されて採算が取れず、従って手入れする人もなく、悩ましいスギ花粉は飛び放題で…どこもかしこも夏でも肌寒いような景色が広がっていました。それでもくじけず、地域を活性化しようと手を変え品を変え奮闘しても、過疎は期間限定か地域限定（他の地域がその分食われる）的に解決するのがやっとでした。

過疎を「過疎の問題」として取り組む限り、本当の出口はなかったのです。

いじめや犯罪や戦争も同じです。「命を大切にしよう」「戦争をなくそう」と真っすぐな声を上げ地道な活動を続ける人々がいても、それだけでは悪は止むどころか、鼻で笑うように、より巧妙に、より残酷非道になることさえありました。

私たちの星では、あらゆる社会問題の背後に、「ある構造的な無理」が存在していました。それを根本から問い、その欠陥を修復することが不可欠だったのです。それは、「お金の経済」のことです。タブー視されていた「お金の経済」の仕組みを私たちが覚悟を決めて修復し始めたとき、すべての問題は、元々手を握っていたかのように解決に向かって走りだしたのです。

あ、おりました、タマ子が。また、あんな、橋の欄干《らんかん》の上なんかに…。

「これ、これ、タマ子。また勝手にこんなところまで来てたのか。あんまり私を困らせるんじゃないよ。まさか、早まったことをしようとしてたんじゃなかろうね。ほれ、さっさと降りてきて、皆さんにご挨拶《あいさつ》しなさい」

「コォーッコ、コッコッコッコ、めんどりタマ子と申します」

「よし、よし、タマ子。しかし、きょうはまた、なんでいなくなったんだい？　何か不満でもあるのか？　…黙ってたらわからんぞ。言いたいことがあるんだったら、はっきり言いなさい」

「私、知ってしまったんです、私たちニワトリの悲しい過去を。コッコ」

「ほぉ、どんな過去だい？」

「とぼけるのはやめてください。コッコ」

「とぼけてなんかないよ。何でも言ってごらん」

「では、遠慮なく。コッコ。私、裏山でフクロウのフクちゃんから聞いたんです。

フクちゃんは、川向こうの山から最近こっちの裏山に引越してきたらしくて、私が、『フクちゃんはいいな、自由気ままに生きられて。私なんか、十数年は生きてきたけど、いつトリ肉にされるかわからなかったし、わずか3・3㎡ほどの狭い小屋に、5羽前後も入れられて、毎日が単調でつまんない。コッコ』と言ったんです。

そしたら、フクちゃんが言うには」

「もったいないこと言うもんじゃないよ。ホーホー。タマちゃんたちニワトリのご先祖はねえ、それはもう悲惨な目にあっていたんだよ。ホッホー」

「ホーホーとかホッホーとか、何をそんなに感心しているのですか？　コッコ」

「いや、タマちゃん、これは別に感心しているわけではなくてね、まあ、なんというか、フクロウの口癖だから気にしないでね。ホーホー。それで、山の言い伝えによるとね、何万年も大昔には、あんたたちのご先祖も私らフクロウと同じように野生で生きていたんだけど、この星の人間さんたちはあんたたちを捕まえて庭先で飼うようになったんだね。あんたたちニワトリは、私らと違って、たまごを年に10個も20個も、もっとそれ以上でも産むし、しかも、体の割には大きくて栄養豊富なたまごだし、たまごを産まなくなったらうまいトリ肉になるし、えさが切れても草や虫を食べて逞《たくま》しく生きるし、勝手に遠くに飛んで行かないし、雄鶏《おんどり》は毎朝けたたましく鳴いて目覚ましになる、というので飼育に持って来いだったわけだね。ホッホー。

その点、フクロウは無愛想で、たぶん味もまずくて助かったわけ。ホッ。

あ、このホッは、『ホッと一安心』のホッだけどね。

そんなわけで、あんたたちは人間さんたちに捕まりはしたけど、その後は割と大事に飼われてきたんだよ。あんたたちのご先祖は、庭先に小屋を作ってもらって、昼間は出入りも自由なその小屋には、十分な運動スペースとあんたたちが飛び上がれる高さの止まり木があって、あんたたちは、夜になると決まってその止まり木の上で安心して寝たもんだよ。雨露をしのげる屋根もあるし、お日様の光は入ってくるけど、たまごやひよこを狙《ねら》って蛇《へび》や鼬《いたち》などいろんな天敵が入ってこないように、手厚く金網を張ってあったもんだね。

『庭には二羽ニワトリがいる』なんて早口ことばまで作ってもらってね。今のタマちゃんたちの小屋はその復刻版なんだよ。ホーホー。

あんたたちニワトリのご先祖は、人間さんたちに乱獲もされず駆除もされず、実に上手に共存してこられたほうだと思う。ホッホー。しかし、それも永くは続かなかった。

人間さんたちは、途中から、経済効率とやらの虜《とりこ》になってしまったんだね。それで、『年に10個や20個のたまごなんて悠長《ゆうちょう》なことじゃなくて、100個でも、200個でも産めよ』というわけで、品種改良を重ね飼育方法を工夫して、たくさんたまごを産む専門のニワトリに仕立て上げたんだね。そして、小屋の代わりに何百、何千羽も飼える鶏舎《けいしゃ》を建てて、1羽ずつ金属製の狭いケージに入れて、ただひたすらたまごを産ませたんだね。それでもまあ、この頃までは、まだましなほうだった。鶏舎の通気性は良くて、外の景色も見えたし、人間さんたちも、『こんな狭いところに閉じ込めてすまないな。たまごを産んでくれてありがとう』という気持ちでお世話してくれたからね。しかし、さらにもっと経済効率が求められるようになると、もうそんなことも言っておられなくなった。

鶏舎は、もっと大きくなり、一か所で何万、何十万羽も飼えるほどの規模になった。そうしないと養鶏《ようけい》業として生き残れないわけだね。衛生上のことや外への臭いのことなんかで鶏舎から窓はなくなり、ニワトリたちは生涯、日光を浴びることもなく、無理やり人工の薄暗い照明で管理され、一つのケージ（約25cm×35cmの広さ）に『もっと産め、もっと効率的に産め』と、2羽ずつ詰め込まれた。それは、後ろに向きを変えるのも難儀な狭さなんだね。少し広めのケージに『まだまだ甘い、もっともっと効率的に産め』と、5羽も6羽も詰め込むのも珍しくはなかった。何羽だろうと身動きできないことに違いはない。そんなケージが少しずつ後方にずれながら2段、3段、4段と重ねてあるんだね。

鶏舎のケージの足元は、糞尿が落ちるように格子状になっていて、たまごが効率的に回収できるように前に傾斜している。ニワトリたちの爪は土の上で動きまわれば自然にすり減るものなのに、細く曲がりながら伸び放題の爪は足元の金属ケージにいちいち絡《から》まる。

羽根はケージですり切れ、汚れ、羽毛が舞い、アンモニア臭がたちこめ、身動きできず、足元は不安定で爪がひっかかる。目に映るものは鶏舎内の一部と同じ境遇の仲間だけ。毎日毎日同じ配合飼料を食べ、決して孵《かえ》ることのないたまごを用済みになる日まで産み続ける。本当は羽を広げたいのに、砂浴《すなあ》びをしたいのに、たまごは隠れた場所で産みたいのに、そんな願いもかなうはずはない。それは、どれほどの苦痛、生き地獄だろう。

苦痛はひなのときに始まる。鶏舎にやってくる前の2か月半、メスのひな（ひよこ）たちは、ひな用の鶏舎で過密飼育されるわけだけど、その最初に嘴《くちばし》を短く切り取られる。

ひな同士がつつき合って傷つけないようにするためにね。人間さんたちは、それはもう大勢のひなから大急ぎで切り取るから、いちいち麻酔なんかしないし、いびつに切ったり舌まで切り取ってしまったりもした。

ニワトリたちは、生まれて5か月たった頃からたまごを産み始め、本当に1年の間に300個くらいのたまごを産む体になった。もはや、強制連続産卵鶏とでもいったほうが的確かもしれない。そうやって1年間、無理してたまごを産み続けた後は、たまごを産むペースもたまごの質も落ちてきて『採算が合わない』というわけで、もうその時点で殺されてしまったんだね。

ところが、そこから暗闇で10日前後も絶食させて、それで餓死しなければ羽根が生え変わって再び質のいいたまごを産み始めるので、再雇用されることも普通によくあった…強制換羽《かんう》というらしいね。それでも半年後にはまた採算が合わなくなる。まあ、どっちみち長くて2年ちょっとで殺されたんだね。

殺された後はトリ肉になるのかというと、そうじゃなかった。たまご用のニワトリは、『効率よくたまごを産む』という目的で品種改良されたので、失礼ながら、その昔のニワトリに比べると味も肉付きも落ちたんだね。それで、せいぜい加工食品やペットフードに混ぜて使うしかなかった。

では、トリ肉はどうしたかというと、人間さんたちは、たまご用のニワトリ（レイヤー）とは別に、これまた品種改良して、食肉用のニワトリ（ブロイラー）を登場させていたんだね。

こちら、食肉用のニワトリは、『いかに早く肉付きのいい柔らかいニワトリに育つか』が重要なんだね。ニワトリは本来、たまごから孵《かえ》ってから大人のニワトリの大きさになるまで、半年近くかかるところ、この食肉用のニワトリたちは、何と1か月半から2か月で丸々太った大人の大きさになってしまう。鳴き声だけなら、まだまだひよこなのに。

たまご用のニワトリたちは、たまごの効率的生産のためにケージで飼われるわけだけど、食肉用のニワトリたちは、ケージは不要で、専用の鶏舎の地面でぎゅうぎゅう詰めにして飼われる。どのくらいぎゅうぎゅうかというと、3・3㎡あたり、50羽前後になる。

しかも、えさを休みなく食べさせるために、人工の照明を毎日23時間とか24時間つけっぱなしで浴びせられる。えさには抗生物質や成長ホルモン剤や合成添加物も入っている。抗生物質というのは、ばい菌をやっつける薬なんだけど、実は成長を急がせる目的もある。ニワトリたちは、運動不足と不自然なえさで急激に大きくなるから、骨の発育が追いつかず、自分の体重を支えられなかったり、ほんの少し歩くこともままならなかったりする。

そうやって、1か月半から2か月ほどたった頃に殺されて若鶏《わかどり》という商品名で店に並ぶ。確かに若い!

本来なら15年でも20年でも生きられるのに、1年半か2年そこらでたまご用のニワトリたちは殺され、1か月半か2か月そこらで食肉用のニワトリたちは殺される。しかも、その短い一生に自由は半日たりともなく苦痛とストレスの連続なんだね。

ニワトリたちは、この世に青空があることも、雨や雪が降ることも知らず、地面を這《は》う虫の姿も、草のにおいも、風の感触も知らない。だけど知らなくたって、全身は疼《うず》くように覚えていた…遠い昔、土や草の上を駆け回り、地面をつつき、いつでも羽を広げ、好きなだけ砂浴びしては体をきれいにしていたことを。だから、自分たちもいつか自由になれるかもしれない万々分の一の可能性に期待を持ち続けていたんじゃないだろうか。

最後の日、ニワトリたちは運び込まれた屠殺《とさつ》工場のオートメーション・コンベアのフックに生きたまま次々、逆さ吊りにされる。電気ショックで気絶させられ、頸動脈《けいどうみゃく》を切られ血が抜かれていく。次に60℃の湯をくぐって羽根をむしり取られるんだね。電気ショックで気絶せず長い時間苦しむこともある。

こんなこと知りたくなかっただろうけど、ニワトリだけじゃなくて、牛だって豚だって、大規模なところほど、似たような飼い方、似たような殺し方をされていたんだね。例外もあったと信じたいけどね。

最後にオスとメスのことを話すよ。食肉用のニワトリたちは、オスとメスが半々で、長くて2か月の短すぎる一生だけど、ともかく、オス、メスともに人間さんたちに生かされる。

一方、たまご用のニワトリたちのうち、たまごを産むのは当然、メスだけなんだね。

では、たまご用のニワトリたちのうち、オスはどこへ行ったんだろう?

たまごから孵《かえ》るやいなや、専門職の人間さんたちは、ひよこを手に取って、オスかメスか瞬時に判別する。オスのひよこはそのまま、専用の箱や袋へポンポン放り込まれていく。箱や袋は満杯になると、どんどん上に積み重ねられていく。

ひよこたちは、同じ日に生まれた仲間たちの重みで圧死していくんだね。

電動ベルトの上に落とされて、なすすべもなく流されるひよこたちを、生きたまま一挙に羽毛ごとミンチにしてしまう機械《シュレッダー》も活躍していた。

オスのひよこたちは肥料になるか産業廃棄物として処理されたんだね。あれもこれも人間さんたちのすることなんだね。人間さんたちは、どうしてこんなに淡々と残酷になれたんだろう？　すべては経済効率のため？　豊かな食生活のため？

　悲しくてもう、ホーホーもホッホーも出てこないよ」

「フクちゃんはここまで一気に話すと、『あー、腹へった』と言って、落ち葉がガサガサ動いた斜面に音もなく飛んで降りたかと思うと、捕まえた野ねずみをムシャムシャ食べていました。

「フクちゃんは、いいかげんな話をしたのですか、ココッ？」

「フクちゃんの話したことは本当だよ。現実は、もっと残酷だったかもしれない」

「すると、そこで働いていた人はみんな、こわい人たちだったのですか、ココッ？」

「それは違うよ。たいてい、その人たちにだって生活がかかっていて、ニワトリがかわいそうなんて思っていたら、たちまち、自分たちが生きていけなくなったんだ」

「ど、ど、どういうことですか、ココッ？」

「消費者は、少しでも値段の安いたまご、安いトリ肉を求めていた。小売業者も中間業者も安い仕入れ値を追求していた。ニワトリは、たまごもトリ肉も生産者による品質の違いがわかりにくいうえ、成長サイクルも早いから余計そうなったんだね。一方、養鶏に係わる人たちは、たまごやトリ肉が売れて利益が出なければやっていけない。安くてしかも利益を出すには徹底的に合理化する必要があったんだ。合理化のためには、ニワトリたちの『命』の残酷は見て見ぬふりするしかなかった。現場で働く人たちも、ニワトリのことを『物』だと思い込まなければ何年も同じ仕事を続けることは難しかったのかもしれない」

「どうすることもできなかったんですか、ココッ?」

「そんな養鶏方法に疑問を感じて、できるだけ自然に近い養鶏方法を模索した人たちもいたんだよ、改良型のケージとか平飼《ひらが》いとかね。ところが、場所や設備やえさや手間ひまにうんとコストがかかるので、経営として成り立たせるには、たまごもトリ肉も値段が2倍から5倍以上にもなった。だから、そんな食品のほうが安全で本来の栄養や味わいがあるとわかっていても、消費者の誰でもが日常的に買う気にはなれなかったんだ」

「値段とか利益とかコストとか、つまり、そういうもののために私たちの『命』は無視され続けていたのですか、コッコ?」

「そのとおりだったんだ、タマ子。ニワトリだけじゃない、牛も豚も他の生き物でも、『お金』のために、私たちはその『命』を物のように扱っていたんだ。


その一方で、見渡せば私たちの国にはあらゆるところに食品の無駄《むだ》があった。『命』を仕方なくも積極的に無駄にしている場面がいたるところにあった。食品廃棄率は25%にもなっていた。品揃《しなぞろ》えが悪いと思われたくないから、多めに仕入れ売れ残ったら廃棄した。多めに作って手も付けずに捨てられる食べ物があった。損しないよう、その分の値段は上乗せしてあった。スーパーマーケット、デパート、ホテル、飲食店、どこでも同じようなことをしていた。多くの経営者は後ろめたい反面、そうやって利益を搾《しぼ》り出さねばならなかったんだ。廃棄される食品の半分は一般家庭からの残飯だった。生きる自由を奪われた動物たちがいたのに。世界では毎日何万という人が飢えで死んでいたのに。

食べ物に限ったことではなかった。大地や水辺も、動物も植物も、私たち人間同士でさえも、『お金』のために『命』をほいほいと犠牲にしていたんだ、ありとあらゆる場面でね。

それらが本当に必要かどうかは、二の次、三の次で、利益効率、当面の経済効果、目先の雇用創出、手放したくない利権などのために、どれほどの命を、どれほどの自然を無視し、痛めつけ、殺してきたことだろう。過度な農薬、過度な化学肥料、過度な医薬品、過度な添加物、過度な消費促進、原子力発電所、軍事基地、新空港、大きな公共工事、中くらいの公共工事、小さな公共工事…」


「ご主人様、いつまでもブツブツ言ってないで、ちょっと教えてください、コッコ」

「なんだい？」

「ときどき、私の家族が失踪《しっそう》して二度と戻って来ませんでしたよね。あれは天国に召されたというのは本当ですか、ココッ？」

「そ、そのとおりだよ」

「うそつき！　私、知ってるんです。その日は朝から、ご主人様、そわそわしてて、なんかいつもと違うな、と感じていたら、決まって私たちの誰かがいなくなって、次の日に、小屋の裏手にある柿の木の下に行ったら、私たちの羽根が落ちてて土に血がしみ込んでいたじゃありませんか。首切って血を抜いて、羽根むしって、料理して食べたんですよね。ココォー」

「タ、タマ子、そこまで知っていたのか。すまない。いいわけはしないぞ。いいわけはしないけど、私は肉も魚も大好きなんだよ。この際、白状してしまおう。私らは、ニワトリや牛や豚や、たまに猪《いのしし》や鹿《しか》もいただいて食べてるんだよ。海で獲れるいろんな魚もいただくし、下の川からは私が川魚を釣ってきて、しょっちゅう食べてるんだよ。草食動物は草や果実を食べ、肉食動物は肉を食べ、雑食動物は両方を食べるように、体がそれぞれに適したものをほしがり、おいしく感じるようにできているんだ。これは自然の摂理ってもので、すまないけど私のせいじゃないんだよ。わかっておくれ、許しておくれ」

「まあいいです。タマ子は心が広いので許してさしあげます。実は私もほぼ毎日、葉っぱにとまっている虫や、地面の虫を食べています。きょうは地面を引っかいて、十匹以上、百匹未満いただきました。だって、私たちニワトリは本来、雑食性だし、なんといっても捕りたての虫はうまいんだもん。コッコ」

「そ、そうだよな。きょうはなんだか気が合うね。これからも仲良くしていこうな」

「私たちがおなかを痛めて産んだたまごも勝手に持って行きますよね。コォー」

「すまない、タマ子、私はたまごも大好きなんだよ」

「食べてるんですか、ココッ?」

「たまごは、『完全栄養食品』とか『栄養の優等生』と呼ばれて、ビタミン、ミネラル、必須アミノ酸などがバランスよく含まれているんだ。しかし、毎年何個かは取り上げてないだろ。

親鶏が一生懸命にたまごを温めてひよこが生まれて成長していく姿や、ほどなく親鶏となってたまごを次々産む姿を見ていると、たまごの段階で取り上げるのが、何だかもったいないというか申しわけなくさえ感じている。ちなみに、『物価の優等生』とも呼ばれていた。物価なんてことばは、脱皮した今じゃ、とんと聞かなくなったけどね」

「結局、食べてるんですね。ココォー」

「あ、いや、そうだね。食べてるよ。ベジタリアン（菜食主義）の人々は、『世界中の人が菜食主義になればいい。肉やたまごは体に良くない』と言うんだけど、穀物や葉っぱ物や果物だけでは、少なくとも私は我慢が続かないんだ。すまない」

「まあいいです。タマ子は心が広いので許してさしあげます。実は私も虫のたまごちゃんを見つけたら大喜びで食べています。だって、あのプチプチした食感って、たまんないんだもん。それにしても、菜食主義の人はえらいですね、コッコ」

「そ、そうだよな。きょうは本当に気が合うね。これからも仲良くしていこうな」

「でも、もう少し聞きたいことがあります。コッコ」

「いいけど、お手柔らかにな」

「私は、たまご用のニワトリなんですか？　それとも、食肉用のニワトリなんですか？　たぶん、たまご用だろうな、とは思ってましたけど。コッコ」

「どちらでもあり、どちらでもない」

「ココ、ココッ?」

「兼用種《けんようしゅ》といってね、兼用種のニワトリは、濃厚でコクのあるたまごを産むし、肉付きもよく、深みのある味といい歯ごたえといい、非のうちどころがないんだよ」

「今、落下したのは涎《よだれ》、じゃないですよね? ココーッ」

「気のせいだよ。兼用種は昔からいたんだけどね、たまご専用種ほどのペースではたまごを産まないし、体の成長もゆっくりだから、経済効率が最優先だった頃にはほとんど注目されなかったわけだ。しかし、脱皮し始めてからは変わった。住宅密集地でなければ私のように兼用種のニワトリを家庭用に飼育する人も珍しくなくなったし、かつての大規模養鶏場でさえ、兼用種に切り換えて改良型ケージや平飼《ひらが》いで飼育するようになったんだ。その改良型ケージすら過渡期の役目を果たすと、平飼いか放し飼いが当たり前になった。ちなみに、平飼いは鶏舎内の地面内ならニワトリが好きに動き回れる飼い方、放し飼いはさらに屋外にも出てやりたい放題の飼い方で、タマ子は放し飼いタイプだよ」

「それは、どうも。コッコ」

「確かに兼用種はたまごもトリ肉も収穫の効率は落ちる。柔らかい肉質に慣れてしまった人は、しっかり成長したトリ肉を硬く感じるだろう。だけど、私たち自身がちょっとずつ緩《ゆる》く柔らかくなって『効率、効率』といわなくなれば、ニワトリたちにとっても、私たちにとっても良いこと尽《ず》くめなんだ。肉質だって一手間でもっと柔らかくなるしね。

兼用種なら、生まれてすぐオスのひよこが皆殺しにされることもない。雄鶏《おんどり》が1羽いるだけでも、雌鶏《めんどり》たちは安心して落ち着く。タマ子、そうなんだろ？　実際、雄鶏は、まるで歯が立たない天敵にだって自分を犠牲にして立ち向かっていく勇者だからね。タマ子の父ちゃんは、迷い込んできた大きな猟犬が襲ってきたとき、向かっていって蹴りを何発か入れ、嘴《くちばし》で突いて、最後に自分はやられたけど雌鶏やタマ子たちを守ったんだ。それにしても、あのとき、私がもう20秒早く駆け付けておれば…」

「その話なら何度も聞きました。父ちゃんは私の誇りです。コッコン。

ところで、私が兼用種のニワトリということはわかりました。私たちニワトリが一昔前の物扱いされていた悲惨な状態に比べたら、ずっとニワトリらしく、少しは永く生きられるようになったこともわかりました。その一方でやはりなお、人間さんたちのためにたまごを産み続け、寿命よりはるかに若く食肉にされてしまうことも依然として続いています。まあそれだって、人間さんたちも雑食性の動物なんだし、私たちが虫を捕まえて食べるのと違って人間さんたちは私たちをお世話してくれているんだから仕方ないのかな、とも思います、ちょっとは。

でも決してこれでいいとは思いません。もっといいやり方がないか知恵を出していってもらいたいと思います。そしてどうか、少なくとも前の悲惨な状態に逆戻りしないよう、くれぐれもお頼み申します。私からは以上です。コッコ」

「ああ、タマ子、私の知らぬ間になんてしっかりしたニワトリになっていたんだ。タマ子は私の誇りだよ。オッホン」

●お金の経済

「ご主人様、以上ではありませんでした。気になることが、あと一つ、ココ コッコ」

「なんだい？」

「さっき、脱皮と聞こえましたけど、脱皮って、蝶《ちょう》や蝉《せみ》が成長して古い皮を脱ぎすてることですよね。人間さんたちも夜中に脱皮してるんですか、ココッ？」

「脱皮にはもう一つ意味があってね、とらわれていた考え方ややり方などから抜け出すことも脱皮というんだよ」

「いったい何から抜け出したんですか、ココッ」

「タマ子、私たちは、窒息しかけていた『お金の経済』から抜け出したんだ。

初めにことわっておくけど、このことは私たちの星であったことに過ぎない。どこか遥か遠くの惑星に住んでいるかもしれない人間さんたちが、このことをいつか伝え聞いたとしても、『我々の高度な経済システムを理解していない』などと怒り出さないでほしい。これは、あくまで私たちの星であったことなんだからね」

「でも、どうしてお金なんてあったんですか、ココッ？ 虫だって鳥だって、みんなお金なしで生きていますよ」

「そうだね、タマ子。それは人間だけ飛び抜けた頭脳を授かっていたからかもしれない。お金のことを思い付くほどにね。人々が物を生産したり分配したり消費したりする仕組み全体のことを『経済』というんだけど、お金は、その経済を滑らかにし、暮らしを豊かにするためにあったんだ、元々はね」

「人間さんたちとニワトリの間でもお金なんてありませんよ、コッコ」

「そうだね、タマ子。私たちはニワトリたちに、えさや安全を提供し、逆に、たまごや鶏糞《けいふん》を提供してもらっているけど、どちらにしても貝殻《かいがら》をいちいち間に挟《はさ》んだりしない。貝殻というのは、お金のつもりで話しているよ。それと、鶏糞は畑で最上級の肥料になる」

「えさではなくて、食事と言ってもらえませんか、コッコ」

「これは失礼した。ところで、どうして貝殻のお金がいらないかというと、ニワトリたちにはお金のことがわからないだろうし、興味もないだろうし…」

「そりゃわかりませんけど、なんだか、むかむか、コォー」

「いや、すまない、タマ子。たぶん本当のこととはいえ失礼した。仮にニワトリたちがお金のことがわかるほどかしこかったとしても、貝殻のお金は定着しないだろう。というのも、大いなる単純のあるところ（考えも物事もなるべくシンプルであろうとする世界）では、『損得は全体《トータル》でとんとん』になるかららね」

「コン コン？ 変なの！ あっ、本当のこととはいえ失礼。ココッ」

「もし、貝殻のお金がニワトリと人間の間に採用された場合、ニワトリたちは、たとえばえさ、ではなくて、食事をもらうたびに貝殻を人間に支払い、たまごをあげるたびに貝殻を人間から支払ってもらう。そんなふうにして毎回毎回、貝殻を人間とやりとりすることになる。また、そのつど、ニワトリ側の帳簿にも日時、品目、貝殻の数などを記入する。いろんな決め事などでミーティングも必要になるだろうし、部門、担当、営業活動、数値目標に確定申告まであるかもしれない。すると、時間も労力も取られて、畑で遊んだり裏山を探検する機会も削られる。首を前後に振るだけではなく、数字が合わないと不自然に首をひねったり固まったりもする。するると、頭痛、肩こり、不眠、鬱《うつ》などに悩まされもする。そんなことはもちろん、人間側だって同じことで、いやというほど実証済みだ。

だったら、品物やサービスをやりとりするつど、わざわざ貝殻を絡《から》めなくてもいいじゃないか。いちいち損得やお礼のことを気にしなくたって、ニワトリ側も人間側も、トータル（全体）でみたら損得はだいたい差し引きゼロ（とんとん）になるじゃないか。別にゼロにならなくてもいいじゃないか。あげっぱなし、もらいっぱなし、でいいじゃないか。

むしろ、いちいち損得なんて気にしないほうが、お互いに大いに得であって、おおらかに自由に充実した生涯を生きられるじゃないか、お互いの可能性だって劇的に広がるじゃないか、と、まあ、どこかの星の社長さんや会計士さんが聞いたら呆《あき》れて椅子《いす》からずり落ちるくらい単純に考えるわけだね。これを一言で表現したのが、『損得は全体《トータル》でとんとん』なんだ。だから、ニワトリと人間の間には貝殻（お金）なんかいらない、というわけだけど、よろしいでしょうか？　タマ子」

「はあ、まあ、コッコ。さっき私、『どうしてお金なんてあったんですか』と聞いたんでしたっけ、ココッ？」

「そうだったね、タマ子。お金は、経済を滑らかにし、暮らしを豊かにするためにあった（はずだった）んだ」

「なのに、人間さんたち同士でも、お金がいらなくなったってことですか？　どうして、脱皮する必要があったんですか、ココッ？」

「よくぞ聞いてくれたね、タマ子。お金は、その目的から次第にかけ離れ、逆に人々を追い詰めてしまっていたんだ。私たちは、お金の仕組みを見直すことにしたんだ」

「どういうことですか、ココッ？」

「タマ子、この橋は何のためにあると思う？」

「楽して川の向こうに行くため、ですか？　ココッ」

「そうだね。では、この欄干《らんかん》（橋の両側にある手すり）は何のためだと思う？　その上で物思いにふけるためではないよ」

「よそ見してて川に落っこちないためですか、ココッ？」

「そうだね。欄干は安全・安心のために作られたものなんだ」

「それが何か、ココッ？」

「ところで、この欄干に誰かが装飾を思いついたとする。彫刻を施したり、もっと立体的で凝《こ》った構造にしたりして、より立派な感じを出そうというわけだ。それは別にかまわない。しかし、もし欄干の装飾がだんだん度を過ぎて橋の真ん中近くまで迫《せ》り出してきたらどうなるだろう?」

「橋を渡りにくくなります、コッコ」

「そうだね。お金は欄干みたいなものだ。暴走したお金（欄干）が人生（橋）をふさいでしまい、私たちは皆、どうにも生き辛くなっていたんだ。皆というのは、お金が有り余っている一部の人たちも含まれるんだ。その人たちも生き辛さの自覚がないだけだから」

「みんなが辛いのなら、お金（欄干）を元に戻したらいいのでは、ココッ?」

「タマ子はそう思うんだね。ところが、欄干は元に戻せても、複雑巨大化したお金を戻すことは、流れる川の水を飲み干してしまうくらい困難に思えたんだ」

「どうしてですか、ココッ?」

「世の中には、お金の仕組みを作り上げ死守しようとする特別な人たちがいたし、残りのほとんどの人々にとって、お金はあまりに当然のことで、自分たちの人生をお金の仕組みに合わせるのに精一杯だったんだ。お金の仕組みを見直そうとすることは、一種のタブー（言ったり触ったりしてはならないこと）みたいなものだったんだ。


人は、複雑に縺《もつ》れた糸を一か所ずつ根気よく、ほどこうとする。だけど、一つほどいても新たに別のところが縺れる。そこをほどいているうちに、先にほどいたところがまた縺れる。

私たちはそれを財政政策とか金融政策と呼んで何とかしようとしていたはずなのに、崖《がけ》っ縁《ぷち》まで来たときには、縺れに縺れた糸が惑星大の絶望的な糸団子になっていたんだ。しかし、本当にすべきだったことは、勇気を持って糸そのもの（お金の仕組み）を見直すことだった」

「とっても、こんがらがってきました、コッコ」

「それはすまない、タマ子。こんがらがった、そのついでに、お金がどんなことになっていたか、もう少し付き合ってくれるかい？」

「はあ、まあ、コッコ」

「そもそも、どうしてお金が出てきたか、というところからなんだけど」

「はあ、まあ、コッコ」

「タマ子、あんまり気乗りしないようなら飛んでくれてもいいんだよ。飛ぶなら19ページ先だ。何を隠そう、この私だってお金のややこしさには何度も気が滅入りそうになった。お金のことを疑われまいとする目くらまし戦法なのかと勘ぐってしまうこともあった。いや、実際そうだったのかもしれない」

「はあ、まあ、コッコ」

「だから無理しなくていいからね。途中で一段とややこしくなって、寝てしまうかもしれない。寝るくらいなら飛んでくれ。たのんだよ。

（**「お急ぎコース」**の方は、145ページへ大ジャンプ）

話を続けると、大昔、私たちのご先祖は、海の魚が食べたくなったら、はるばる海岸まで出かけて行き、漁師さんに魚を分けてもらって、代わりにこちらからはニワトリや山間部でとれる物をあげていたんだ。つまり、取り替えっこだな。交換ともいう」

「ココッコ、ドキドキ、ココココ」

「これは例だからね、タマ子のことじゃないから安心するように。ところが、漁が不漁のときや、ニワトリなんかいらないと言われたら、交換が成立せず無駄《むだ》足になっていた。そこで、

人々は市場《いちば》を開いてそこに品物を持ち寄るようになった。市場ならいろんな品物がたくさん集まるから交換も成立しやすくなった。それでも、品物と品物をいちいち交換するのは面倒で何かとぎくしゃくした。そこで、

品物同士を直接交換するのではなく、麦や米で品物の間を取り持つことにした。たとえば麦5kgで、ニワトリ1羽、大根は10本、鰯《いわし》なら約30匹のように。つまり、麦や米が今のお金の原型になっていたんだね。それでもどうにかなったけど、麦や米では、お金の役目として運んで保管するには重いし、かさばるし、生《なま》ものだからだんだん品質が落ちていくところが残念だった。そこで、

『お金』が登場した。最初の頃のお金は、珍しい石や貝殻だった。でも、拾ってきた石や貝殻で、『はい、これお金』とやっていては、ありがたくないので、

かしこい特別な人が特別な硬貨（コイン）を作ることになった。硬貨は、金、銀、銅、鉄などを溶かして型に流し込んで作られた。小さな単位から大きな単位まで何種類も作られ人々の間を行き交った。

お金は、ずっと貯めておけるし、ポケットや袋に入れて手軽に運べるし、物や労働の価値基準になるし、人と人の間で生じるモヤモヤした気分まで晴らしてくれた…物をあげる人は、ただでは気が進まないところ、物をもらう人は、ただでは気が引けるところ、お金一つで、それなりにスッキリした。

お金は、万人に共通の価値と認められた。お金があれば、たいていのものは手に入った。

お金をたくさん持っていればお金持ちと呼ばれた。人々はがんばって働き、お金を得ようとした。そのがんばりで、物は増え、品質は向上し、暮らしは便利になっていった。自分で何もかもするんではなくて、自分にできる仕事や得意なことに専念し、その結果をお金で交換し合えばよかった。そうやってお金は、職業が若葉の葉脈のように細かく分かれていく手引きもした。お金は大切な役割を果たしてきたんだ」

「タマ子、起きてるかい？」

「コッコ」

「だけど、交換の手段として登場したお金は、次第にお金そのものが目的のようになっていった。それは至って自然なことだったかもしれない。お金は、腐らないし壊れないし、何とでも交換がきく。それは万能の宝のように思われた。

人々は、なくしたり盗られたりしたら困るお金を安全なところに預けたいと思った。また人々は、まとまったお金が必要なときには余裕のある人から借りたいと思った。

かしこい特別な人たちは、人々から金貨や金《きん》を預かって頑丈《がんじょう》な金庫に保管し、預かり券を渡して手数料をもらう商売を始めた。この預かり券は、『この券が金貨や金《きん》の代わりですよ。いつでも金《きん》と交換できますよ』という信用の役割を果たした。人々はこの預かり券で直接売り買いするようになり、この券が後に紙のお金（紙幣）に変身していった。

こうして、金庫にある金《きん》の分だけ紙幣を印刷（発行）する仕組みができあがっていった。

かしこい特別な人たちは、さらに、『利子』を思いついて商売を広げた。人々からお金を預かって必要な人々にお金を貸し出した。

『利子』は、お金にくっ付くお礼のようなお金だった。たとえば、人々から預かるお金には1年で1％の利子を付けて返し、人々に貸し出すお金には1年で2％の利子を付けて返してもらうことにした。わずかずつに思えても、取引が増え貸出期間が長くなるほど、預かり金と貸出金の利子差額は開き商売は儲《もう》かった。かしこい特別な人たちの商売は発展し、私たちの星では『銀行』と呼ばれるようになっていた。

乱立していた銀行は力を合わせて中央銀行を設立し、それぞれの銀行が発行していた紙幣は中央銀行だけが発行できるように法律で決められ、どの国でもそれにならった。どの国でも中央銀行は巨大な力を持ち、巨額の戦費を国に貸し付ける中央銀行さえあった」


「タマ子、起きてるかい？」

「コッコ」


『その中央銀行とは国の銀行で、国の銀行として通貨（お金）を発行している』と、多くの人は思い込んでいたけれど、あいにく、それはほとんど大外れだった。

実際は、どの国でも中央銀行は民間の銀行の代表として始まり、たいていは民間のものだった。国（政府）は、通貨発行権（お金を発行する権利）をその民間や半民間の中央銀行に委《ゆだ》ねていた。国（政府）が発行するのは小額の硬貨だけだった。さらに、民間の各銀行も紙幣こそ発行できないものの、口座上のお金を創造（発行）できることになっていた。

それでうまく回るのなら結構だけど、国（政府）に殆《ほとん》ど通貨発行権がないということは、大海を進む小舟のように危険きわまりないことだった。特に雲行きが怪しくなるときには。

なぜなら、利益を上げねば立ち行かない民間の銀行の通貨発行権は、つまるところ、金融資産家とその周辺に富が集まり、大半の国民がそのおこぼれを奪い合う社会構造の原動力になっていたのだから。私たちの星ではね。

ところで、他の星ではどうだか知らないけれど、私たちの星では、金《きん》という金属は資源として希少で、しかも金ピカの美しさがあって、大変ありがたい金属とされていた。お金を銀行に持ち込めば金《きん》と引き換えられることになっていた。永い間、お金は金《きん》と紐付《ひもづ》けられていたんだ。しかし、途中から金《きん》はなくてもよいことにされた。金《きん》の資源には限りがあるし、そんな制限があっては産業にとっても経済にとっても発展の妨げになるからだ。

金《きん》の代わりに、各銀行は、元手のお金を『支払準備金』として中央銀行に預け、その金額に応じて、その何十倍（国によっては何百倍、国によっては事実上無制限）のお金を貸し出せることになった。そういうことも法律で決められ、どの国でもそのまねをした。

銀行に現金が足りなくても関係なかった。銀行に借金に来る人々はたいてい現物の大金を受け取って持ち帰るわけではなかったし、いざというときには、『準備金制度』によって銀行間で助け合うことになっていたし、もっといざというときには、何だかんだと言いながら、大きな銀行ほど政府が国民の税金で助けることになっていたから。

また、『銀行から借金するとき、そのお金は別の人が銀行に預けたお金を借りている』と、多くの人は思い込んでいた。あいにく、それもほとんど大外れだった。

たとえば、誰かが融資（貸出）の審査に通って銀行から1000万というお金を借りる場合、銀行は、銀行の預金から1000万を用立てするわけではなくて、『支払準備金』をチラッと見て、借金する人の銀行口座に1000万という金額をピッと加算すればよかった。すると、世の中に突如、1000万というお金が作られたことになる。こんなふうに、世の中のお金の大半は、誰かが借金することによって、無同然のところから生み出されていたんだ。

（なお、会計（お金の出し入れの記録）上は、『資産』と『負債』に同じ金額を足せばよかった。資産は持っているお金で、負債は返すべきお金と思えばいい。

例では、1000万という金額を債権（借金返済を請求する権利）として銀行の『資産』に、預金として『負債』に、それぞれ足せばよかった。

借金する人にとっては、1000万という金額を預金として自分の『資産』に、債務（借金を返す

義務）として『負債』に、それぞれ足すことになる）
　借金した人は、期限までに1000万に利子を付けて返さなければならない。しかも、借金した人の土地や家などは担保《たんぽ》に入れられる。担保というのは、お金を返せなかったらそれが銀行のものになるということだ。個人がやれば犯罪になるけど、銀行には、法律でそんな『お金作り』が認められていたんだ。ただし、そんなあからさまな呼び方ではなく、『信用創《しんようそう》造《ぞう》』と呼ばれていた。それは中央銀行さえ凌《しの》ぐ実質上最強の通貨発行権だった」

「タマ子、起きてるかい？」
「コッ」

「ところで、その人が無事に利子とともに借金を銀行に返し終えると、銀行の資産と負債から1000万という金額が差し引かれ、世の中からその1000万も消えることになる。しかし利子までは消えない。利子が銀行の儲《もう》けになるわけだ。利子の金額なんて大したことないと思うかもしれない。確かに個人が銀行に預けたときの利子はスズメの涙ほどのものだ。ところが、逆に銀行から借りたらダチョウの大粒の涙どころじゃなくなる。
　それは、貸出の利率が高めに設定してある上に、利子の計算が複利《ふくり》といって、元のお金に利子が付いて、その合計にまた次の利子が付くのが基本なので、借金の期間が長いほど、借金の額が大きいほど、利子がますます勢いを増しながら膨らんでいくからなんだ。それで家の元値は2千万台なのに住宅ローンで返す家の総額は利率次第で3000万、4000万以上になることもある。しかも、個人や企業や国が銀行から借りる金額の総額はとんでもなく大きいから、それに付く利子の金額も大きくなり、銀行の主要な収入源になるんだ。

銀行の悪口を言っているんじゃないんだよ。銀行だってどんな金融機関だって、営利企業として利益を上げていかなければならなかったんだ。

そうやって、民間の銀行がお金を貸し出すたび、借りる人にとっては借金するたび、『形や重さはなくても信用ある（ことにする）口座上のお金』が世の中にどんどん作り出されていった。長ったらしいので『見えないお金』と呼ぶことにするよ。中央銀行が発行する紙幣や、国（政府）が発行する硬貨、つまり、普段の生活で現金と呼ばれていたお金を『見えるお金』とすれば、私たちの国では『見えないお金』は『見えるお金』の十数倍もの金額になっていた。給与振込みも、公共料金の自動引落も、クレジット払いの買い物も『見えないお金』が行き交っていたんだけれど、元をたどれば、個人や企業などの借金の集積で膨れ上がったお金だったんだ。もし誰も新たな借金をせず、誰もが借金を返してしまったら、いずれ『見えないお金』も消えてしまう。それでは皆が困るし銀行には利子が入らなくなるので、是非とも借金をキープし続ける必要があったんだ。

そんなふうにしてわざわざ民間経由で借金からお金を作るのではなく、国（政府）が直接必要なお金を（見えようが見えまいが）注意深く発行すれば解決することだったのに。

そうしなかった（できなかった）のには、教科書に記されない理由がある。お金の成り立ちの中で、民間銀行が国（政府）より大きな力を持っていたことに始まり、過酷な競争社会の中で、特別に頭のよい人たちと世界中の銀行が、合理的に合法的に最大限の利益を得るため何世代もかけて構築してきた結晶こそ、『信用創造』という錬金術《れんきんじゅつ》（無からお金を作り出す術）であり、中央銀行制度であり、それらが滅多なことでは揺らがないよう、あの手この手で守り固められていたからなんだ。しかし、その過酷な競争社会も、元はといえば、『利子』を起爆剤として仕掛けられた必然的な結果だったんだけど」

「タマ子ー、起きてるかい？」

「コー」

「さて、先人たちが考案したこの『利子』は元々どこにも存在しないお金なんだ。銀行が誰かの借金を機にお金を作るとき、わざわざ利子の分のお金まで作るわけではない。利子は銀行にとって、市場《しじょう》のお金の中から自主回収され銀行に納入されるべきものなんだ。

銀行業で利子を稼ぐとは、そういうことなんだ。それはどんな結果を招くだろう?

それは、経済が成長し続けている間(経済規模が大きくなっている間)は、物やサービスに必要なお金が新たに作られ市場《しじょう》に追加されるので、その中で『借りて払う』を繰り返せば利子も工面できるが、成長が止まれば利子払いは苦しくなるか行き詰まるということだ。経済の成長は止まっても、すでにあった利子は勝手に成長し続けるのだから。


利子の仕組みは、しばしば『椅子《いす》取りゲーム』に例えられた。

椅子の数(世の中全体のお金)は、人数(世の中全体のお金+利子のお金)より少ないから、椅子に座れない人(借金を返せない人)が必ず出るというわけだ。しかし、現実社会はゲームではすまない。借金を返せなければ破綻《はたん》する。利子は、必ず敗者が出る競争を強いるから、人も会社も誰か(どこか)が必ず破綻する。国さえ例外ではない。

それは能力不足や情熱不足なので仕方ないと勝者は言う。しかし、たとえ皆が高い能力や情熱で競ったとしても利子ある限り、その高みの中でいつか誰かが破綻する。今日の勝者が明日には敗者になることだってある。それでも、あれこれ山積みの社会問題を横目に、お金と競争こそが人々の欲望を調整する現実的で便利な公式として重宝され続けていた。


つまり、こういうことなんだ。

巨額の借金があるところ利子の金額もどんどん肥大していくから、利子の成長に負けない経済成長が求められる。個人や会社として『お金を稼ぎたい、リッチになりたい』という動機以上に、社会全体として経済成長が求められるんだ。経済成長は、資本主義の宿命的課題なんだ（多くの社会主義国でも同じ。その実態は国家による資本主義だから）。

人々は、今売り上げを伸ばし、今利益を出さねばならない。借金を滞りなく返し続けるために、株主さんに配当金を渡すために、自分たちの収入のために。未来や弱者に配慮する余裕は、あまりない。立ち止まることや引き返すことは経済成長の足枷《あしかせ》と見なされる。

ここに道理がはじかれ不条理がまかり通る理由がある。

総合的には不要と分かっていても、海を埋め立て、新空港を建設せずにいられない。

危険で後始末ができないのに、原子力発電所を推進し、稼働させずにいられない。

自然を、住民の願いを、選択肢を黙殺し、一番金《かね》になる場所に基地を移転しようとする。

どんな結果をもたらすかは深く問わず、目先のために、カジノを誘致しようとする。

使うか使わないか、どんな結果をもたらすかは問わず、武器を製造し輸出しようとする。

まだ十分に使える洗濯機もスリッパも、さっさと新品に買い換えてもらおうとする。

『経済成長はしなくても心豊かな生活を』という主張は資産家や財界にとって、不都合でナンセンス過ぎる話なんだ。どんどん作って売って、利子分の価値を生み出し続けてもらわねば困るわけだから。その経済成長には資源が欠かせない。競争だから資源の奪い合いが当然になる。富める人が貧しい人から奪う。時間を、労働を、なけなしの資産を吸い上げる。富める国が貧しい国から奪う。森林を容赦なく伐採し、地下を掘り起こし、大地を海を貪《むさぼ》りつくす。悲鳴がしたら、そこに富者が利子で鞭《むち》打ち、経済成長を急《せ》き立てる」

「おーい、タマ子、起きてるかい？」

「クー」

「あなたはこう言うかもしれない。『そうはいっても、私たちの預金にだって、わずかとはいえ利子が付くわけだし、利子も付かないんじゃ預ける気がしない』と。

それはごもっとも、かもしれない。しかし、その受け取る利子の何百、何千倍、さらにはそれ以上の利子を毎年毎年、間接的に払っていることを、あなたはどう思うだろう？

私たちの惑星の先進国と呼ばれていた国の例では、全体の上位数％までの裕福な人々は、確かにもらう利子のほうが多かった。元々、資産が圧倒的にたっぷりあれば、寝ていても利子が立派に育つからだ。ところが、残りの圧倒的多数の人々は、利子の付く資産が少なければ少ないほど、払う利子のほうがもらう利子よりも多かった。というのは、購入するあらゆる商品やサービスの価格には、それを借金して作ったときの利子の金額が反映しているからなんだ。私たちは知らぬ間に間接的にせっせと利子を払っていたんだ。食卓に並ぶパンも、電車やバスの運賃も、その価格の約30％は累積した利子払いのための価格だったんだ。パン屋さんは利子の分まで含んで値段を決めているつもりなどなくても、そうしないと数々の原材料や設備に注入されていた利子が黙っちゃいないんだ。

ところで、一番大きな借金はというと、国（政府）の借金だった。

国（政府）も地方（自治体）も借金まみれで、利子を払うだけでも汲々《きゅうきゅう》としていた。

国（政府）は、毎年、恒例のように国債《こくさい》を発行して民間銀行などから巨額の借金をする。利子を付けて借金を返していくのも当然、国（政府）なんだけど、国民の税金がそこに吸い取られていく。なんでそんなことになったんだろう？

私たちの惑星の私たちの国の場合、いきさつはこうだった。

私たちの国では先人たちが、自然や家族や、どうかすると自分の健康や人間性まで犠牲にしながら、がんばって国を発展させ物があふれ、国民の多くが『中流』以上という意識を持つほど豊かになった。地価や株価が煽《あお》られ、『見えないお金』が大都会を、地方都市を駆け巡った。ところが、豊かさの絶頂と思われた頃から一転、国は不景気という長くて暗いトンネルに入り込んだ。

諸説の原因はともかく、価値あることにする『見えないお金』が野放しでは、我が世の春が続くわけもない。不良債権が一挙にあふれ出て地価や株価が暴落した。世界屈指の金融資産家と呼ばれる人たちが故意に暴落を仕掛けて暴利を得た、とも言われた。物が売れにくくなり、工場は生産を縮小したり停止したり経費が抑えられる海外に移転したりした。

会社はあまり儲《もう》からず、多くの人が仕事を失ったり、実質給料が下がったり、身分が不安定になったりした。企業からも個人からも国（政府）や地方（自治体）に税金が入りにくくなった。人々はお金を節約し、わずかでもお金に余裕のある人はできるだけ貯め込むようになった。

銀行は、不良債権の教訓から『貸し渋り』『貸し剥《は》がし』などということばが流行《はや》るほど、『信用創造』はしなくなった。そして、世の中にお金が流通しなくなった。不景気とは、世の中の金回りが悪くなることなんだ」

「タマ子ー、起きてるかい？」

「グー」

「不景気下でも、働かざる利子には我慢ならない人もいる。とはいえ、借金のないところに新たな利子は生じない。『信用創造』に代わる借金、それが『国債』だった。国債は毎年着々と発行された。税収不足を補い景気向上のために。一部の人々には利子のために。

国債も巨額になり、紙ではなく電子データとして取引された。その流れは…、
国（政府）が国債を発行し、中央銀行の機関が紙幣を印刷。しかし、中央銀行が国（政府）

から直接国債を買うと歯止めが利かなくなるという理由で、まず民間銀行などの金融機関や保険会社などが国債を買う決まりにされていた。金融機関や保険会社は、国民から集めた預金や保険料を資金に国債を大口で買い、超低金利とはいえ手堅く利益を上げる。

その国債を中央銀行が買い上げる。その資金は中央銀行の口座上のお金のこともあれば、民間銀行などが紙幣で希望すれば紙幣が渡され、このとき紙幣が発行されたことになる。紙幣の多くは国債と引き換えに世の中に出ていたんだ。

『国債なんか買ってないから、そんな余裕もないから、私には関係ない』とあなたは言うかもしれない。ところがどっこい、あなたも間接的に国債を買っている。あなたの預金が、あなたの保険料が、『運用』のため、国債買いに注《つ》ぎ込まれている。

そんなつもりなどなくても、普通の人々が、間接的に利子をせっせと払い、間接的に国債をこつこつ買い、知らぬ間に泥沼の深みへずるずる歩を進めていたんだ。利子は金融資産家と呼ばれる人たちへ、その周辺や傘下《さんか》へ自動的に集金給付されていく仕組みだったんだ。お金が見えようが見えまいが本当はそのこと自体は問題ない。利子が肥大し、国（政府）の借金が天文学的数字に膨れ上がり、お金が局所に片寄り、お金が流通しにくく世の中が窮屈になり、人々が生き辛くなっていたことが問題なんだ。

国のエリートのお役人さんたちは言う。『国の借金が大変なことになっているから、増税が必要。増税しないと将来の世代に大きなツケが回る』と。

しかし、単純な私たちには、理解できなかった。…消費税を増税。人々は少しでも消費を我慢。一方で大企業にのみ恵みの法人税を減税。何をやっているんだろう？　右肩から左肩に重石《おもし》を移し変えたら好景気になり税収が増えるだろうか？　借金が減るだろうか？　それとも、増税には信じがたい別の狙《ねら》いがあったんだろうか？


時流に乗りお金に余裕のある人たちは言う。『国債は国の借金ではない。政府の借金であって、国民にとっては資産だ』と。『財政破綻もしない。政府にはその借金の半分相当の換金可能な資産があるし、ほぼ自国内での自国通貨での貸し借りだし、国債を特例的に中央銀行が直接買って、満期が来たら次の国債に乗り換え続ければいいから』と。

しかしそれも、単純な私たちには、理解できなかった。…国か政府か、資産か負債か、大事なことだろうけど、それが何だろう？　借金頼みの息苦しい社会のままでいいのだろうか？　積み上げた大借金を雲の上でいじくり回し、個人が真面目《まじめ》に働いてやりくりすることが馬鹿《ばか》らしくなるような政策でいいのだろうか？　利子で潤う側の人だからそう言うのだろうか？　利子のおこぼれに与《あずか》る立場だからそう言うのだろうか？　それとも…。

優秀な人や物分りのいい人々を説得できても、単純な私たちは理解できない。私たちは身をもって知っている。国債とその利子の累積によって、誰が税金や年金や諸々《もろもろ》のことで苦しんでいるのか。この先さらに輪に輪をかけて苦しみ続けるのは誰なのか。

大金持ちが何台も所有する高級車のうちの1台、その何分の一かのお金で一つの貧困家庭が救われる。寝不足と空腹でよろけることもなく、電気や水道を止められることもなく、進学を諦《あきら》めずにすむ。…『車1台くらいでは一家庭の一時凌《しの》ぎにしかならない』と、人は言うかもしれない。しかし、台数が問題ではない。車は象徴に過ぎない。競争の中で、競争が生む格差の中で、他者の苦痛への共感が掻《か》き消され、『関係ないね』と隔《へだ》てる心が人をよりバラバラにするのだ。国債で国がすぐには破綻しないのかもしれない。しかし、借金を止《や》めて借金以外の方法でお金の流れを健全にしなければ、いっそう格差を広げることになる。悲しみ、憎しみの滴《しずく》が社会のバケツにたまっていく。それが一つの狙い？

私たちはこう考えた。借金は借金。借金は返さなければならない。確かな返すあてがないのならそれ以上借りてはならない。だからといって、税金や保険料を上げるのではない。教育や福祉を削るのではない。肥大し続ける利子と国債に歯止めをかけて、貯め込まれたお金を世の中に流通させねばならない。物やサービスの橋渡しをするお金の本来の姿を取り戻さねばならない。一部の裕福な人々だけがますます潤い、大勢の人々がますます苦しみ、苦しみの自覚がなくても、実際に苦しんでなくても、社会にストレスや憎しみを増幅していく『お金の経済』から脱皮しなければならない。

世の中の悪は大昔からあった。しかし、こんなにも、大人も子どもも、職場で学校で家庭で路上で小刻みにいらつき、世界規模で資源を食い尽くしながら自然環境を壊し、止め処《ど》なく不景気をぶり返し、人心が失業や貧困やテロに怯《おび》えることはなかった。それは大事には至るはずがない小さなガス漏れ程度のことなんだろうか。本当に？

不景気の原因には様々な説があった。誰かがこれぞと言い切る原因にも、さらにその下地となる原因が幾重にも横たわり、複雑に入り組んだ迷宮は人が近寄ることさえ拒絶しているかのようだった。秘密めいた組織による陰謀《いんぼう》（わるだくみ）説もあった。

そのそれぞれが、そのとおりなのかもしれない。部分的に真実なのかもしれない。見当違いもあるかもしれない。しかし、私たちの目的は悪者探しではなかった。誰かのせいにして世の中を嘆いていても何もよくならない。それに、私たちのこの星で不安に翻弄《ほんろう》される罪人《つみびと》は数多くいても、宇宙が慄《おのの》くほどの悪人は滅多にいない。どんな人も、子どもとして生き始め、生の不安を抱え、懸命に自分を守ろうとしていただけのことなんだ。

私たちの目的は、脱皮して次の世界に進むことだった。めいめいの財布の中、通帳の上の損得ではなくて、私たちのできれば誰もが最大限に納得できるシンプルな経済システムへの穏やかな移行だった」

「タマ子、ここまでのところで何か、ご質問または、ご意見など…」

「グークー、ココココ」

「タ、タマ子、やっぱり寝てしまってたのか。まだこんなに明るいのに。今頃から寝てたら夜中に目が覚めて眠れなくなるぞ。起きるんだ、タマ子。コ、コ、コケッコォー」

「ふあー、ココココ、だってー、ご主人様ひとりで約20ページもしゃべって、なんだかよくわかんないし、なんだかつまんないんだもん。コッコ」

「それはすまなかったね。この後の前提になる大事なことなんだけど、実をいうと、私もすっきりしないんだよ。私には向いていないというか、胸が躍らないとでもいうか。よし、それじゃタマ子、眠気覚ましに橋の向こうへ行ってみようか」

「ふあーい、ココココ」

●脱皮後の世界

「126ページから飛んでくるなら、、、ここです。ココ」

「ナイス、タマ子。では、皆さん、本格的に私たちの脱皮後の世界をご案内しましょう」

「ご案内って、誰か案内するんですか、ココッ?」

「タマ子、これはね、ＡＢＣ銀河放送でやっている『明るい惑星』とかいうテレビ番組のインタビュー…のはずだったんだが、レポーターはじめクルー全員、この星の水が合わなかったようで、腹痛になってしまったんだ。明日以降はまた次の惑星に向かって移動の予定らしい。それでディレクターらしき人が、『あ、そこの人、もう、駄目元《だめもと》でいいので、このビデオカメラ使って適当にインタビューお願いします。アイタタタ。あー、それからあんまり理屈っぽいことは結構です。視聴率に響きますので。ではよろしく、イタタタ』と言い残して、いなくなってしまったんだ。みんな今、隣町の病院らしい。このビデオはいつかどこかの惑星の人たちが見てくれることになるのかな」

「大変ですね、コッコ」

「まったく。遠い星から来ていただいたのに気の毒なことだ。ここはひとつ私が感動のドキュメンタリーか何か制作してあげようと思うんだ。理屈もたっぷり付けて」

「それはきっと喜ばれますね、コッコ」

「タマ子も協力頼むぞ。うまくいったらコーンをドーンと2日分はずむからな。しかし、タマ子のことで大分《だいぶ》回してしまったもんだから、もうそんなにフィルム残ってないんだ。ここから巻いていくぞ」

「ここから巻くって、何か巻くんですか、ココ?」

「無駄《むだ》話などせず進行を早めることだよ。フィルムが残り少ないからね。では散歩がてら循環センターに行ってみようか。何といっても、循環センターは脱皮社会の象徴みたいなところだからな」

「そこって、おいしいものがあるんですか、ココッ?」

「あ、まあ、あるけど、タマ子、その食い意地、何とかならんか…」

「やったー、コッコ。でもその前に、ご主人様、私、のどカラカラなんで、ちょっと川に降りて一杯ひっかけてきます。コッコ。

…ただいま。川の水、おいしかったです。うるおいました」

「早いな。タマ子がそんな勝手な行動するもんだから、私も喉《のど》が渇いたじゃないか。循環センターに行くついでにスーパーに寄って、ビールでもいただくとするか。タマ子は店内で大も小も禁止だから、ここでしっかり済ませておきなさい」

「はい、さっき川辺で、ついでに済ませました、コッコ」

「早いな。ところで、タマ子は、橋を渡ってこんなところまで来るのは初めてだろ?」

「はいはい、ウキウキ、ココココ。共同縄張りを出るのも初めてです」

「共同縄張り? ニワトリ社会にもいろいろとあるんだな。さ、て、と、スーパーまで歩くには遠いからバスに乗るとするか。ほーら、タマ子、私の心がけがいいから、ちょうどコミバスがやって来た」

「やったー、コッコー」

「タマ子、コミバスというのはね、コミュニティバスの略で、各地域の決まったコースを回る市営や町営の乗り合いバスのことなんだ。ここらの今の時間帯なら、20分おきに回って来てくれて、小型だけれど、中は快適で荷物を置くスペースもあるし、子どもやお年寄りや車を運転しない人にとっては、なくてはならない便利な移動手段なんだ。それでは乗せてもらうから私の肩にとまって、じっとしているんだよ。いいかい、タマ子、つり革《かわ》で遊ぶんじゃないよ。その上の金属の丸い横棒も、止まり木じゃないからね」

「…コェッ（チェッ）」

「コミバスはね、タマ子、かなり昔からあったんだ。しかし、脱皮し始めてからは根本的に変わった。何が変わったかというと、無料になったんだ。コミバスに限らず普通のバスも含め、あらゆる公共交通機関の利用が無料になったんだ。

コミバスを利用する人々は、バス停でありがたく乗って、降りたいバス停でありがたく降りるんだ。もっともこれは脱皮し始めてからのやり方で、脱皮前は必ず乗車口か降車口で運賃を払う必要があった。そうしないと無賃乗車という犯罪になる。常識中の常識だったんだ。後で、ちゃんと説明するからね。


ほら、タマ子、外を見てごらん。ちょっと乗ってこの辺りまで来れば、こんなにおしゃれな街並みになっているんだよ。道路も街路樹もきれいだし、大きな家から小さな家まで、外観も美しくて見るからにしっかりした造りで、しかも街並みに溶け込むように調和しているだろ。中にはへそ曲がりっぽい家もあるけどね。おっと、収録、収録。

皆さん、この街並みの多くが、私たちの脱皮期間中から今までに整備されたものです。道路などの共用部分にだって税金など投入されていません。個人の家にしても途中からは無償で建築されたものです。誰も何十年も住宅ローンに人生を縛られるようなことはありません。もしあなたがここを気に入って住んでみたいと思ったら、新築するもよし、空きの出た家にそのまま入るもよし、それを改築するもよし、すべて無償で実現するのです。家具や備品も同じことです」

「ココココ、すてきです。でも、そんなバカな、と思われないでしょうか？　ココッ」

「バカではありませんよ。なぜそんなことができるかはまた後で。

建ててよい場所、建物の高さ、資材、居住のルールなどある程度の制約はあって、町との契約も必要ですが、基本的には困難なことではありません。

これは、この町に限ったことではありません。今では、この国の、この惑星の、だいたいどんな所でもこんな感じなんです。

さあ、タマ子、バスを降りるぞ。スーパーの前に着いたからね。

タマ子はいったん私の肩から降りてもいいけど、スーパーの中では、また肩にとまって、おとなしくしてるんだよ、いいね」

「コッ」

「タマ子、スーパーというのはね、スーパーマーケットの略で、食料品を中心にいろんな日用品が並べてある便利なところなんだ。人々は、棚《たな》やケースから必要な品物を直接もらったりいったん備え付けのカートや籠《かご》に入れたりして、ありがたくいただいて帰るんだ。もっともこれは脱皮後の今のやり方であって、脱皮前は必ずレジを通って代金を払う必要があった。そうしないと万引きという犯罪になる。これも常識中の常識だったんだ。

ほら、タマ子、入ってすぐ左、ここが野菜コーナーだよ。見てごらん、今朝うちで収穫した自慢のトマトも並んでるだろ。形や大きさは不揃《ぞろ》いでもトマト特有の香りや甘みがしっかりしているからね。トマトは葉っぱの病気になりやすくて大変なんだけど、今は、生産者も消費者もコストや値段に左右されずに、安全性と本来の栄養や風味を重視するようになったんだ。それに、みんなで農業を正当に尊重するようになったんだよ。

それから、タマ子、こっちが、魚のコーナーだよ。魚といっても、もっぱら海で獲れた魚で、このスーパーで川魚といえば鰻《うなぎ》や鮎《あゆ》が並ぶくらいかな。脱皮した今は、人が海も川も大切にするから、鰻も鮎もたくさん川を遡上《そじょう》するんだ。鮎なんか、稚鮎《ちあゆ》を放流しなくても本物の天然鮎だらけで、初夏には橋の上から川が黒々と見えるほどなんだ。

それから、この先は、肉のコー…。あっ、タマ子、ビールをいただきに来たんだったね。

お、お、おばちゃん、このニワトリは品物じゃありません。これは、うちのタマ…」

「チッ、なんやそうかいな。明日《あした》のおかずにしたろ思たのにな。当てが外れてもたわ」

「すみません、まぎらわしくて」

「ご、ご主人様、スーパーって、こわいとこですね。早く出ましょうよ、コッコ」

「大丈夫だよ、私の肩にしっかり掴《つか》まっていなさい」

「いやや、ご主人様。タマ子、もう帰る。ねえ、ねえ、コケ、コケ」

「気色《きしょく》悪いからやめなさい。目的のビールもまだだからね、いうことをきくんだよ」

「コッ」

「ビール、ビール、私の大好きなビール。あ、これだ、これ。1本ちょうだいします。さっきのおばちゃんのところはカットだな。

　皆さん、こちらがビールコーナーですが、輸入ビール、国産ビール、地ビールと、それぞれ種類も豊富に取り揃《そろ》えてあります。しかし、脱皮前にあったような、ビール、発泡酒、第三のビールなんていう価格帯ごとの分類はありません。あのややこしい分類は、ビールという人類が作り出したホップ、ビール酵母、基本は以上です。あのややこしい分類は、ビールという人類が作り出した最高の飲み物（と私は思っているのですが）を愚弄《ぐろう》するものです。

　あのややこしい分類の背景にはビールにかかる高い税率があったのです。その税率対策でビールメーカーさんの涙ぐましい商品開発から生まれた結果があの分類なのです。わが国のビールメーカーさんは世界最高レベルのうまいビールを作れるのに、国（政府）の税率に振り回されて、わざわざ、代わりの原料を混ぜ、あれこれ工夫を凝らしてビール風味のアルコール飲料を作っていたのです。ビール風味にケチを付けているのではありません。問題は税率です。しかも、ビールなどのアルコール類は、高い酒税を含んだ価格にさらに上乗せして消費税（付加価値税）がかかる二重課税だったのです。私たちが飲むビール代はその実に約40％が税金として国（政府）に上納されていたのです。しかし、国（政府）からしてみれば、あの手この手で税収を確保せねばならない事情があったわけです。それは、もちろんビールに限ったことではありませんでしたが。

　時は過ぎて今、ビールはビールしか存在しません。なぜなら、税金の仕組みがなくなり、お金の仕組みもなくなったのですから」

「ココココ、すごいです。でも、そんなバカな、と思われないでしょうか？　ココッ」

「バカではありませんよ。なぜそんなことができるかはこの後で。…とは言ったもののさて、どうしたものか？　さて？　…お、おお、そうだ。ここでさっきのおばちゃんにもう一回登場してもらうことにします」


「おばちゃん、先ほどは失礼しました」

「なんや、あんたかいな。気が変わったんか？　そのニワトリ、くれるんか？」

「いいえ、そうではなくて、おばちゃんに頼みがありまして」

「なんや？」

「実は私、別の惑星からやってきたテレビ局の人たちから自画撮りの独占インタビューを委任されてまして」

「そりゃ、なんとも大層なことやな」

「はい。それで、その人たち、『視聴率がどうのこうの』と言ってまして、未《いま》だにそんなことを気にしなくてはならない気の毒な惑星の人たちみたいなんです。だから、私が気を利かせてがんばっているんです。そこで一つ、おばちゃんにお願いなんですが、スーパーは脱皮後の現在のまま、おばちゃんは今から20年以上前、つまり、脱皮以前で大半の人々がお金に振り回されていた頃の『雇《やと》われ店長』という設定で、特別出演または友情出演をしてもらえませんでしょうか」

「ええで、任しとき」


「では、おことばに甘えて、ビールいただきます。（プシュ）ゴクゴク、クー、うまい」

「ちょーっと、あんた。金《かね》払ってや。うちは慈善事業やってるんと違うんやで」

「お金はもうなくなりましたよ、店長さん」

「なんちゅう厚かましい開き直りや。金もないのに入って来て、支払いもせんとその場で立ち飲みかい。ほな、警察に来てもらうから、奥の事務所、行こか」

「いえ、私のお金がなくなったんではなくて、世の中にお金が存在しなくなったんです」

「なんやて？」

「ですから世の中からお金がいらなくなったんですよ、店長さん」

「何わけのわからんこと言うてんのかいな。お金がいらんわけないやろ。ええから、おとなしく奥の事務所に行き。そこで話を聞いたる。立ち飲みの万引きやなんて、聞いたことないわ。会社をリストラされたんか？　家で奥さんに邪魔者扱いされとんか？」

「あー、あの、おばちゃん、ではなくて店長さん。そういう話に持っていくんではなくて、フィルムもそう残ってないし、あんまり余計なことは…」

「そりゃ、すまなんだな、ガハハ。ほな、聞くけど、お金がなかったら、私らどうやって商売するんや？　どうやって欲しい物を手に入れるんや？　大昔みたいな物々交換に戻るんか？　何のために仕事するんや？　しんどい仕事でもお金が入るからこそ、また明日もがんばろちゅう気になるんやろ」

「私たちは、20年間かけて、あげっぱなし、もらいっぱなしの世界に移行したんです。物やサービスを直接交換するのではなく、人それぞれの仕事の成果は巡《めぐ》りめぐって、『損得は全体《トータル》でとんとん』になる、みんなで支えあう世界を実現したんです。そこにお金もカードも労働証明もいらないんです。今の私たちは、お金を稼ぐために働くのではありません。私たちは、みんなで幸福になるために、人類の向上のために、働くのです」

「ちょっとあんた、何を勘違いしたか知らんが、世の中なめとったらあかんで。世の中はな、どれだけ口先できれいごと並べても結局はお金のために成り立っとんや。人間はお金を稼ぐために働くんや。あんたが今飲んだビールも仕入れにお金がかかっとんや。あんたみたいな変な人がお金も払わんとチョロチョロしとったら、うちの従業員に給料払えんようになる。あらゆる諸経費も払えんし、資金繰りもできんようになる。もちろん、麦芽の生産者も困るし、ビール会社も困るし、間の業者さんや運送屋さんかて、お金が入らんかったら、大、大迷惑や」

「店長さん、脱皮前は何をするにも何を得るにも、先立つものはお金でしたが、脱皮した今は世の中にお金自体が存在しないんです。誰も請求書を発行しない代わり、誰も請求書を受け取ることもないのです。資金繰りの心配も支払いも不要なんです。何か物を作る人も、運ぶ人も、研究する人も、事業をしたい人も、何か学びたい人も、必要な物は、無償で入手できるのです。私たちには、そのための合理的で柔軟な仕組みがあるのです」

「あんたのおつむは青くさい少年少女のままでストップしとるようやな。顔洗って、現実をよう見てみ。この世の中はお金や。仕事して、お金を稼いで、利益出して、税金を納めて、株主さんに配当を渡して、次の資金を確保して、会社が成長し続けることで、世の中ぐるぐる回っとるんや。働いてもお金が入らんのやったら働く『はりあい』ちゅうもんをどないしてくれんねん。誰一人働かへんわ。嘘やと思うんなら、そこのレジのパートさんに『給料出ませんけど、ずっとタダ働きでいいですか？』とでも聞いてみ。

レジ、レジ…。ありゃ？　ここにあったはずのレジが消えとるがな。えー？　なんやこれ？　ドッキリカメラか？　おばちゃんは、おばちゃんは、引っ掛からへんでー」

「やってくれますね、おばちゃん。もしや、演劇部ご出身？　と感心してる暇はなくて。

脱皮した今、レジはありません。レジのパートさんもいません。パート収入が消えたといっても、お金がいらないのだから誰も困りません。働きたければ今こそ必要とされる仕事が豊富にあります。レジ一筋だった人はしばらく寂しいかもしれませんが、それは、レジ打ちがバーコードのスキャン（読み取り）になったときだって同じだったのです。

脱皮前の私たちは働いてお金が入ると、『はりあい』とか『やりがい』というものを感じていました。しかしそれは、順調な人、順調なときだけです。お金あっての『はりあい』は、いつ谷底まで落ちるかもしれない危険な綱渡りでした。事実、無数の人がお金のために苦しみ、命をすり減らし、命を落としていました」

「レジもなくタダで品物持って帰れるんやったら、店じゅうの品物、30分で片っ端《ぱし》から略奪されてしまうがな。それと私、出身はハンドボール部や。演劇部にはご縁なくてな」

「品物、なくなってますか?」

「なくなって、ないな」

「もしも脱皮前の世界で、ある日突然何でも無料となったら、きれいさっぱり持って行かれていたことでしょう。大型冷蔵設備まで運び出されていたかもしれません。しかし、私たちは、命あることを、労働のあり方を、お金のことを、一から問い直し、対話を重ね、ある日突然ではなく20年という期間をかけて、お金を必要としない世界に徐々に移行していったのです。

その20年の脱皮期間中にも脱皮してから後も、略奪こそなくても無料となれば、欲張ってあれこれと持ち帰る人もいました。もちろん、それは褒《ほ》められたものではありませんが、子どもが欲張って他の子のおやつまで食べてしまうことがあるように、長い目で全体として見れば些《さ》細《さい》なことだったのです。何を隠そう、私は今でも車で来るとビールを10ケースばかりもらって帰りたい気になることがあります。惣菜《そうざい》コーナーにできたての唐揚《からあ》げがあると、大きめのタッパーに詰め替えて持ち帰りたい衝動にかられます。しかし、深呼吸して頭を3秒冷やせば、ビールを自宅で保管するには場所を取るし、品質が落ちていくのはもったいないし、ビール作りに関わる人に恥ずかしくなります。唐揚げをそんなに欲張って食べても体に悪そうだし、他の人の分がなくなるし、作っている人にもニワトリたちにも申し訳なくなります」

「何のことですか？　ココッ」

「タマ子、これは人間の大人の会話だからね。もうしばらく、おとなしくしてるんだよ」

「コッ」


「話を続けますと、『きょうはスーパーでこんなに取ってきた』と知り合いや近所に自慢して分けようとしても、今は奇妙な人と思われるだけでしょう。

　お金が当たり前だった脱皮前の世界は力比《くら》べの世界でした。お金や物がないと、人は不安にかられ、お金持ちをうらやましがりました。競って物を所有しようとしました。見栄を張って高価なブランド品を買おうとしました。しかし、私たちは脱皮し、ほどよく脱力もして、私たちの慎みや恥じらいという蕾《つぼみ》も、少しずつ自然に開いていったのです。

　脱皮した世界では、利益を出すための小細工も誇大広告も値引き合戦も不要です。食品偽装や手抜き工事などのごまかしも意味がなく、起こりようもないのです。良い物を作り良いサービスを提供し、みんなに喜んでもらえることが、自分の仕事への誇りとなり情熱となるのです。そこにこそ本物の『はりあい』や『やりがい』があるのです。そこでこそ人は、見かけの豊かさや上辺《うわべ》の優しさではなく、真の豊かさや優しさを具現できるのです。その大人たちの姿や心の余裕は子どもたちに伝わります。強く美しい心根《こころね》は上からの強制や道徳教育によってではなく、身近な人々のお手本の中でこそ揺るぎなく育《はぐく》まれていくのです。同時に私たちは、愚かしいこともしてしまう人間の負の可能性を、歴史教育や芸術や文学などを通して伝えていっています」

「そないな夢みたいな絵空事《えそらごと》、現実にあるわけないやろ。人間は欲深い動物や。しかも、頭でっかちで、その頭の使い方を持て余してんのや。お金を間に挟《はさ》まず『仲良しこよし』でやっていけるほど人間は立派とちゃうんや。人の欲と欲の間にお金が入って、仲を取り持つからこそ凶暴な事件も戦争もこの程度ですんでるわけや。あんたかて、どうしようもない食いしん坊で、呑兵衛《のんべえ》で、ど助平《すけべい》でございます、と顔に描いてあるやないか」

「お、おばちゃん、私のことは、ほぼ完璧に的中していますが、そんなことまで発表してもらわなくていいです」

「そりゃ、すまんかったな。おばちゃんちゃうで、店長やで」

「そうでした。店長さん」

「つまりやな、おばちゃんが言っておきたいことはやな、人間は欲望のかたまりやから、お金の存在しない世界なんか絶対に無理ということや。百歩譲って、できたとしても何百年も先のことやな」

「しかし、店長さん、レジはありませんよね。品物も略奪されてませんよね」

「そうやったな。けど、まあそれは、これが架空の話やから、てなことあらへんの？」

「お、おばちゃん、それも余計な突っ込み…てなこともないか。この際、架空か現実かなんてどっちでも良いことです。本質は架空も時空も飛び越えますからね」

「なんや知らんが大げさやな。ほな、どないして脱皮したか、それを言うてみなはれ」

「かたじけない。では言うてみます。

私たちはお金の経済から脱皮しました。といっても、虫の脱皮に蛹《さなぎ》の段階があるように、私たちもいきなり脱皮できたのではありません。私たちは、どこにも手本がなく、うんと揉《も》めて試行錯誤もしたから脱皮に20年かかりました。しかし、やり方次第ではもっと早く達成できたようにも思います。

その脱皮期間は長すぎてはいけません。『300年先には』、『いつか遠い未来なら』なんて言っていたら、誰も本気になれません。現役世代のほとんどの人が享受《きょうじゅ》でき、年老いた人もできるだけ間に合い、間に合いそうにない人も安心して期待して後を託せる、そんな期間でなければならないのです。しかし焦ってもいけません。足元がおぼつかないままの性急さは、どんな場面でも危ないものだから。

また、『人類の脳の前頭葉《ぜんとうよう》がもっと進化したら』なんて言っていたら、その前に人類が終わってしまいます。私たちは、進化したから脱皮できたのではありません。脱皮し始めた世界が、魅力的で優しく幸福であると、来る日も来る日も実感できたから、徐々に感情をうまくコントロールし、理性的に行動できるようになってきたのだと感じています。

私たちは、死ぬ間際まで年齢と知識と経験を重ね、十分に分別が付くのを待って、結婚するわけではありません。よぼよぼになる頃には分別が付いているとも限りません。子どもを授かりたくても遅すぎます。それと同様に、祝福すべき大きな変化のためには、たとえ未熟でも、困難に立ち向かう勇気や勢いが必要なのです」

「前置きの長い人やな。何をどうしたのか、さっさと出さんかいな」

「はい、店長さん。しかし、あんまり急《せ》かさないでください。

私たちは、次の二つの原則で『お金の仕組み』を見直しました。

(1) お金の仕組みは、人間を苦しめるものであってはならない

(2) お金の仕組みは、わかりやすくなくてはならない

少し噛《か》み砕いて説明しますと、

(1) お金の仕組みは、人間を苦しめるものであってはならない…お金は元々、天から降ってきたものでも、地から湧《わ》き出てきたものでもありません。お金は人間が作ったものです。そのお金に人間が振り回され苦しみ続けるのはおかしい、と私たちは思ったのです。

(2) お金の仕組みは、わかりやすくなくてはならない…人が築き上げてきた『お金の経済』というシステム。そこには厚いブルーシートを被《かぶ》せたまま、私たちは様々な社会問題に取り組んでいました。財源は？　予算は？　と言いながら。その間にも専門家の人たちさえ当惑する

ほど『お金の経済』は混迷し、問題は深刻さを増していました。

一方で、経済の難解な用語や理論や数式、国や銀行間の複雑でわかりにくいお金の流れなどは一般の人々にしてみれば、始めからお手上げで、少しでも手元のお金を守ろうとするしかなかったのです。しかし、それこそおかしい。お金は子どもにもわかるシンプルなものでなくては、真に経済を滑らかに、真に人を幸福にはできない、と私たちは思ったのです」

「それで、どないしたんや？　ええ加減に出さんかいな、コッコ」

「あー、はい。え？　なんでタマ子が？　おばちゃんはどうした？」

「おばちゃんは、『晩ご飯の仕度《したく》あるから、もう帰るわ』と言って帰りました。コッコ。それと、『あんたのご主人、回りくどい上に、周りが見えてないみたいやから、ケツ叩《たた》いたらなあかんで。まあ、そうはいうても、他の星の人に一発でわかってもらうんは確かに難儀やろな。おばちゃんかて、脱皮前には、こないなええ世界になるなんて信じられへんかったしな。ほなまたな。あ、そうや、ついでにあんたを予約しとくわ。今度逢《お》うたら、どうでも、もろて帰るで』とのことでした。コッコ」

「そうだったのか。ついつい熱くなって気づかなかったな。おばちゃん、出演お疲れ様でした。なお、ギャラは出ません。予約も永遠のキャンセル待ちとなります。あしからず。

タマ子もおばちゃんに捕まらず、よくやったな。では、さて、ここから本丸です。

私たちが、二つの原則を踏まえて、脱皮に成功した最大の要因、それが、

『政府通貨』だったのです」

「何ですか、それ？　ココッ」

「政府通貨とは、国（政府）の通貨発行権によって発行され流通するお金です。

脱皮前、紙幣は、国（政府）とは独立した中央銀行によって発行され、見えないお金（口座上のお金）の大部分は、民間銀行で国民の借金から作り出されていました。

しかし、私たちは、通貨発行権を完全に国（政府）のものとし、『政府通貨』を実現しました。

通貨発行権は本来、国（政府）の権利であり、お金は本来、国民の経済を滑らかに国民を豊かにするための手段だからです。それにまた、民間銀行で利子付きの借金から作られる口座上のお金、国債の運用などは、利子の成長に負けない経済成長を社会に強要します。ところが、有限の資源に対し永遠の経済成長などあるはずもなく、経済は、浮沈を繰り返しながら、長期的には必然的に行き詰まってあらゆる社会問題に波及するからです。

そこで、出てきたのが、

『国（政府）の通貨発行権は、おかあさんの母乳』だったのです」

「また何ですか、それ？　ココッ」

「これは、通貨発行権を国（政府）に帰するために掲げられたスローガン（標語）です。

私ががんばって解説しますと、
粉ミルクは良い物です。母乳が出なくても、授乳が難しい場面でも、代わりとなり補助となります。しかし、良い母乳が出るにもかかわらず、粉ミルクしか許されないとしたら、あなたはどう思われますか？　…赤ちゃんに母乳を飲ませようとして、おかあさんは偉い人に制止され次のように言われました。

『あなたの母乳が出る遥《はる》か昔から、我々はこの町で粉ミルクを売ってきた。ルールに従ってもらわないと困りますよ』

よくわからないけどルールなら仕方がないかと、おかあさんは粉ミルクを買って赤ちゃんに与えます。良い粉ミルクなら良かったのに、金儲《もう》け優先で作られたその粉ミルクは不純物が入っていて、赤ちゃんは体調を崩し苦しみました。おかあさんは言いました。

『粉ミルクが世の中に出回る遥か昔から、人類の母乳は出ていました。哺乳類の母乳なら太古の時代から出ていました。粉ミルクがあれば助かるときもあるけれど、私は母乳中心でこの子を育てたいと思います』

偉い人は厳しく警告しました。

『あなたは何もわかっていない。我々がなぜ母乳を禁止し粉ミルクにしたか。それは、ミルクの出所《でどころ》の独立性を重視するからに他ならない。母乳では母親の状態次第で与え過ぎたり、逆に与えなかったりして赤ちゃんを不健康にしてしまう。特に、際限なく与えて、ひどい母乳過多になりミルクの価値がガタ落ちしては大変なことになる。実際に昔あった失敗を教訓に我々は粉ミルクに決定した。母乳は暴挙だ。無責任な行動はおやめなさい』

しかし、おかあさんは、偉い人の言うことをききませんでした。

『この子は今、粉ミルクで現に苦しんでいます。私は昔あった失敗には十分注意して母乳で育てることにします。周りにも注意して見守ってもらいます』

母乳で赤ちゃんは回復し、良い粉ミルクの助けもかりながら元気に育ちました。

『国（政府）の通貨発行権は、おかあさんの母乳』…は、国（政府）が発行する通貨こそおかあさんのオッパイから出る母乳のように、本来の望ましい姿という意図でした」

「ココッコ、うちの主人が変なお話を持ち出しまして、すみません。コッコ」

「では、ふざけていると思う人がおられるかもしれませんので（私たちは大真面目《まじめ》なんですが）、現実に即しますと、国（政府）が発行する『政府通貨』は、実は古くからありました。硬貨がそれです。しかし、一枚一枚が硬貨より高額な紙幣は、国（政府）ではなく中央銀行が発行していました。昔の政府や他国の政府が紙幣を乱発して超インフレになり、紙幣が紙くず同然になった苦《にが》い経験から、紙幣は国（政府）とは独立した中央銀行が発行することになっていたのです。

金額の総計でいうと、紙幣が95％に対し、政府通貨である硬貨は5％程度でした。

私たちの政府通貨は、硬貨だけでなく、紙幣も、見えないお金（口座上のお金）もすべて国（政府）が発行するものです。私たちは政府通貨のことを『循環通貨（略称・循貨《じゅんか》）』とも呼んでいました。政府が発行する通貨ではあるけれど、政党や政治家や資産家のための道具ではなく、全国民に循環し続ける通貨であることを強調したかったのです。政治に関わる人たちには常に自戒していただきたい思いを込めたのです。もう少しセンスの良い呼び方はなかったものかと個人的には思う次第なのですが」

「あの、ご主人様。私たち、ずっと通路で邪魔してますよ。もう出ましょうよ、ココッ」

「え？　あ！　これは抜かった。皆さん、すみません。すぐに退散します。えーそれから異星の皆さん、この続きはこの外で。タマ子、ナイス、ケツ叩き！」

「コッコ」

「タマ子、どうやら私は困った人のようだね」

「そうなんですよ、ご主人様、ココッ」

「そうだったのか。困ったものだね。ところで、タマ子、外に出たのはいいけど、どこへ行こうとしてたんだっけ？」

「循環センターですか？　ココッ」

「ああ、そうだったね。じゃあ、タマ子、循環センターの方に向かおうか…。

なあ、タマ子、私は自信がないんだよ。私たちの脱皮を異星の人々にうまく伝える自信がね。異星のよく出来る人々は鼻であしらいそうだし、異星の教育ママはわが子に『こんな情けない宇宙人にならないように必死に勉強なさい』と言って聞かせそうな気がする。人々にしたら、お金の仕組みにそれぞれの人生を適合させようと、それこそ必死なのに、そんなところにお金の根源から問い直すような脱皮が届くだろうか？　『突飛で、現実離れしていて、あり得ない』と言われるんだろうな。タマ子、これはやっぱり無理かも」

「ご主人様、『信じ続ける心が可能性を広げる』って、いつか言ってましたよ。コッコ」

「お、おお、タマ子、そうだったね」

「そうですよ、コッコ。バカにされたっていいじゃないですか。だって、ここはこんなにすてきな世界なんですもの。完全じゃなくたってね。ご主人様、しっかり！」

「そ、そうだな。よし、しっかりするぞ。しかし、タマ子、しっかりして何をするんだろう？　何だかわからなくなってきた。ちょっとしか飲んでないのに酔っ払ったかな？」

「脱皮のことを紹介するんじゃなかったですか？『政府通貨』が何たらかんたら言ってましたよ。コッコ」

「そうだった」


「さて、皆さん。私たちは、脱皮してお金のいらない世界を実現しましたが、初めからお金のいらない世界を目指したわけではありませんでした。当初は、お金と決別しようとしたのではなく、『政府通貨』によってお金の仕組みを健全な姿にしようとしたのです。

ところが、20年かけて脱皮していく間に、お金が次第に不要になっていったのです」

「なんだか知らないけど、その調子です。がんばれー、コッコ」

「私たちは初めの5年間で、お金の仕組みについて現状の問題とその原因を調べ解決策を徹底的に探りました。それは官民挙げてのプロジェクトです。公開討論はテレビやネットで中継され、討論には専門家や識者だけでなく、一般人、学生、ときには中学生や小学生も参加します。専門家が専門用語でまくし立てて煙に巻くようなことは許されません。生まれ変わるお金の仕組みは子どもにもわかるシンプルなものでなければならないからです。5年もかかったわけは途中まで根強い疑いと反対があって揉《も》めに揉めたからです。

公開討論が始まるまでは、大人でも『信用創造』も『政府通貨』も聞いたこともない、何それ？　という人が大多数で、私もその一人でした。紙幣と硬貨の違いなら、紙と金属の違いで高いお金が紙幣ほどにしか思っていない人も多く、これまた私もその一人でした。

そもそも、お金がどこでどんな決まりで発行されるのか私も知りませんでした。それほどにお金の仕組みはわかりにくくされ、タブー視されていたのです。

なお、『信用創造』は、民間の銀行が利子付きの借金としてお金を無同然から作り出すことです。『政府通貨』は、国（政府）の通貨発行権によって作られるお金のことです。『政府通貨』によるお金の仕組みの見直しは、プロジェクト終盤の国民投票で圧倒的支持を得ました（私たちの場合です）。誰かさんの回りくどくてハチャメチャな説明とは大違いの説明や討論が実ったのです。この国民投票は中学生以上の任意投票で実施されました。その後、国会でお金の仕組みの見直しが晴れて決定し、本格準備に入ったのです」

「ハチャメチャは困ります。でも、その調子。もう一人で大丈夫ですね、コッコ」

「次の10年間で、『政府通貨』により、お金の仕組みを大胆に簡単にしました。

中央銀行が発行していたお金も民間銀行が『創造』していた見えないお金（口座上のお金）も国（政府）が発行します。利子付きの借金ではなく。

その内訳は、紙幣や硬貨の現金が約1％、口座上のお金が約99％になりました。ほとんどが口座上のお金でよいのです。

『政府通貨』の発行は一度《ひとたび》動き出せば決して難しいことではありません。

国（政府）がお金の行き先と発行量を慎重柔軟に決め、中央銀行の機関が発行（物理的に）します。それは国庫に入ります」

「コッコ？」

「そう、国（政府）のお金であり、国民のお金なのです。すると、どうなるか？

税金も保険も不要になるのです。新たな利子も不要になります。

国（政府）や地方（自治体）が国民や企業から税金や保険料を集めてサービスを四苦八苦しながら配るのではなく、国（政府）が必要なお金を作って必要なところに配るのです。

だから、個人でも企業でも、税金も保険料も払う必要がなく、公共サービス利用時にも料金を負担する必要がないのです。このことだけでも、納める側も納められる側も膨大な事務負担から開放されました。

　国（政府）や地方（自治体）のため、とどのつまりは国民のために必要でありながら、誰もなるべく払いたがらない税金。そして、必要なところに届かず繰り返される巨額の税金の無《む》駄《だ》づかい。それは、何という制度の暗部、利権私欲の横暴だったことでしょう。保険もまた同様に、取り取りの保険が矛盾と国民の不満と制度の行き詰まりを抱えていました。

税金や保険料が不要になるだけでなく、国民の銀行口座には『政府通貨』から『基本金』が給付されます。『年金』や各種様々な給付金はすべて撤廃し、基本金に一本化されました。

基本金は、全国民に一律給付される『標準基本金』と、世帯の年間所得が基準額に満たない場合に差額を付加する『付加基本金』から成り、世帯ごとに給付されます。基準額は、世帯ごとの人数や年齢などによって決められ柔軟に調整されました。

年金にまつわる諸問題（人口減と高齢化により年金が減っていく問題など）は、『年金シフト』によって解消しました。年金シフトとは年金を白紙に戻し、基本金に移行することです。

納付した年金保険料が『無駄だった』とか『損をした』と感じる人はいませんでした。なぜなら、年金保険料が先に晩年を迎えた人々の年金給付に充てられてきた事実に変わりはなく、脱皮する社会には、年金制度を補って余りある経済的恩恵がすべての人にあるからです。しかも、自分たちの子や孫やその先の世代に負担を押し付けずに済みます。年金シフトが瀕死《ひんし》の年金制度を救い、全国民に現在と未来の安心を届けたのです。

公共サービスの無料化は、10年の間に、公共性の高い順に徐々に拡充していきます。まずは、医療と教育（科学技術などの研究推進を含む）を完全無料にしました。

関連機関の銀行口座には『政府通貨』から『基本資金』が給付されます。『基本資金』が運営に必要な有形無形のあらゆる支出をカバーします。

保険料や医療費が払えず通院を我慢し症状が悪化したり、保険の利かない高度医療が受けられず治る病気も治せなかったりといった社会的無情もなくなります。入学金や授業料が払えず進学や通学を諦《あきら》めたり、食費にも事欠く中で次から次へ教材費や雑費に追われたりといった社会的無情もなくなります。予算が取れず有意義な研究開発が進まなかったり頓挫《とんざ》したりといった不条理もなくなります。無料化の対象は公立私立を問わず保育も含む幼児教育から大学や大学院など、すべての教育研究機関になります。

政府通貨を財源とする教育の完全無料化によって少子化問題は大きく改善していきます。子どもたちが都市にも地方にも増えていきます。ただし、私たちは一国の経済発展や将来の税収確保のために少子化を問題視していたのではありません。経済的理由だけならロボットの生産性向上などで多少は改善します。私たちは、まさにその『経済』に『生命』が振り回された結果、子どもの人数が、親やそのまた親の世代の人数とのバランスを著しく欠いていたことを何より問題視したのです。

医療と教育を最優先で無料化した理由は、健康が誰にとっても生きる力の根っこであり、教養や考える訓練が強くしなやかな枝葉（視野）を伸ばしていくからです。心身の健康と知恵や科学技術が、豊かで穏やかな人生、社会、国家、そして世界を育《はぐく》むからです。

医療と教育の次は、電気、ガス、水道、通信（電話、郵便、インターネット）などいわゆるライフラインを無料にしました。医療や教育がさしあたり無用の人もいるのに対しライフラインはほぼ全国民に日常的に不可欠であるため、その恩恵を誰もがすぐに実感しました。関連機関の銀行口座には『政府通貨』から『基本資金』が給付されます。そこで働く人も理不尽なノルマを課せられて苦しむようなことはなくなります。メーター検針などによる使用記録は残ります。無料は資源が無限という意味ではないからです。

公共交通機関と呼ばれていた電車やバスも無料にしました。高速道路などの有料道路も無料にしました。関連機関の銀行口座には『政府通貨』から『基本資金』が給付されます。想像してみてください、改札も券売機もない駅を、運賃箱のないバス乗降口を、料金所のない高速道路を。それらが、いかに、どれほど人々の気持ちや行動を滑らかに自由活発にすることか。

ほんの一例ですが、私は以前、K急行電鉄のK駅を利用していました。K駅は改札が駅の上り方面にしかなく、駅の南側から来て下り電車に乗るには、踏み切り待ちと大回りをして改札を通り、跨線橋《こせんきょう》を昇り降りして、下りプラットフォームに出る必要がありました。毎日何千人もの人がその動線と動作を疑いもなく甘受していました。ところが、駅舎両側の改築と周辺の少しの拡張工事で乗降が劇的に簡便になったのです。

新聞、テレビ、ラジオなどのマスコミも完全無料にしました。関連機関の銀行口座には『政府通貨』から『基本資金』が給付されます。新聞社や放送局などは、読者や視聴者からの購読料や受信料が不要になります。広告主からの広告収入も不要になります。それによって、広告主に気を使わなくていい、発行部数や視聴率も気にする必要ない、利権にも政治圧力にも屈しない報道や様々な番組が当たり前になります。

広告がなくなるわけではありません。広告は、優れた製品やサービスを視聴者に知らせる役割があります。広告の一番の目的は、個人や社会を豊かにすることであって、広告主の売り上げアップが一番ではなくなります。広告は、記事を邪魔したり小刻みに番組を中断したりするものではなくなります。広告主は広告費をマスコミではなく非営利の広告機関に払ってマスコミの広告枠を得ます。その広告費は、主に国民に正しい情報を伝える活動に役立てられますが、大半のお金は余るので、国庫に戻され『政府通貨』として循環します。

あなたは言うでしょう。そんな何から何まで『基本金』や『基本資金』をばら撒《ま》いていたら、お金の価値は暴落し、経済は大混乱し、社会はガタガタになるに決まっていると。

しかし、私たちの社会は、そうはなりませんでした。何となれば、

私たちは、中央銀行が直《じか》に発行するお金ではなく、民間銀行が個人や企業の借金から創造するお金でもなく、国（政府）の『政府通貨』として、世の中に必要な量のお金を予測しながら発行し、循環するお金として流通させたのです。

つまり、過剰に出回ることもなく、借金返済によって消えることもないお金なのです。

世の中に必要なお金の全体量は、そのときの経済規模に応じてだいたい決まっています。

しかし、脱皮前は、そのうちの極めて多くのお金が極所に固まったり眠ったりしていました。その残りの生きているお金の中から様々な税金や保険料を徴収し、様々な公共料金を徴収し、それでは足りず、さらに国債などの借金を積み上げながら公共サービスは成り立っていました。もし何かを、たとえば教育を無料にしようとすれば、やれ財源は？　やれ何を犠牲に？　それ増税やむなし、といった、さも当然のような世の中の動きがありました。

しかし、借金社会の中で、税金や保険料、さらに料金を徴収しながらサービスを提供することは、息苦しいお金の相殺を果てしなく繰り返すことです。一つの部屋の中でわざわざ暖房と冷房のスイッチを交互に切り替えているようなものです。部屋が快適ならしなくて済むことを延々とやっていたのです。

一方、私たちの『政府通貨』は、国（政府）から個人や企業や自治体に流れ、社会を循環します。そこから再び国（政府）に税金や保険料などの形で上納する必要はないのです。余ったお金は国庫に戻されますが、原則は一方通行でよいのです。

過剰に出回ることもなく、突然消えることもなく、お金は社会を循環し続けるのです。

当初、基本金だけでも、その総額は脱皮前の国家予算を上回るほどの大金でした。しかし、それはお金の出所《でどころ》が『政府通貨』に変わったからこそ、できたことなのです。

『お金の価値は暴落し、経済は大混乱し、社会はガタガタになる』という決め付けは、『国

（政府）の財源は主に税収、足りない分は国債』という仕組みや、利子付きの借金をベースにした経済成長ありきの枠組みの中での発想なのです。

すべての民間銀行は、民間のままで中央銀行の支店として機能します。信用創造も国債の運用もしません。手数料も取りません。では利益はどうやって上げるかというと、利益は上げません。呆《あき》れ返るのも引っくり返るのもご自由です。席を立つなら今のうちです。

警察や消防が利益を上げることが目的ではないように、銀行も営利目的ではなく、純粋に社会に貢献する組織になるのです。利益を上げない代わりに、銀行にも『政府通貨』から『基本資金』が給付されます。新規の利子は廃止され、貸出も無利子になります。つまり『信用創造』がなくなり、銀行に給付される『基本資金』に取って代わるのです。『信用創造』との違いは、『基本資金』は、政府通貨として発行され、誰が借金するにも利子は不要で、返済時にも消えずに新たな貸出に回せるということです。社会をまさに循環するのです。

また、政府通貨のために中央銀行を完全国有化する必要もありません。鉄道でも郵便でも公営か民営かによって業務内容が大きく変わるわけではありません。業務が健全に機能し経済が円滑に回り、そこで働く人が不当に苦しまないことが重要なのであって、政府通貨の下《もと》では公営か民営かは、脱皮前ほど意味を持たなくなるのです。もちろん関連する法律も柔軟に修正されます。

さらに、公共サービスの無料化は、公共性の高いものから順次適用されていきます。基本金も基本資金も財源は政府通貨です。税金でも保険料でも誰の借金でもありません。脱皮前には、生活に余裕がないと感じる人が7割とも言われ、さらに、決して少なくない人々が生きながら死んでいるかのような生活を余儀なくされていました。

それが一転、税金も公的保険も公共料金も不要になった社会では、基本金と基本資金によって誰もがお金の不安や苦痛から開放されたのです。

ここまでのところ、ややこしそうに思えるかもしれませんが、私たちがお金の仕組みで変えた核心は、お金の出所を完全に政府通貨にしたことに尽きるのです。そこから、税金や公的保険や公共料金が不要になり、利子とは決別し、基本金や基本資金の給付が可能になって、国中に仕事が回りお金が回り始めたのです。

ちなみに、民間のあらゆる各種保険も不要になっていきます。何かあっても政府通貨から十分な補償が支給されるからです。株や社債も不要になっていきます。政府通貨から基本資金が銀行の民間貸出用にストックされ、企業はそれを無利子で借りられるからです。出資者からお金を集める必要がないのです。

お金はよく血液に例えられました。血液の流れが悪くなると体に支障が出るようにお金もまた淀《よど》みなく流れ続けることが社会には何としても必要なのです。それなのになぜ人も組織もお金を貯めようとするかというと、競争社会では貯えがないことには、したいこともできず逆に他者にしたいようにされてしまうからです。

ところが、政府通貨でお金の仕組みが変わり利子と決別すれば、競争社会はただの社会になります。生産力も情報も乏しかった昔とは違います。変化への条件が整い、手負いの競争社会から十分な反省を経て脱皮する社会では、人々が助け合い共に向上していこうとする方向に進みます。『富』がどこにも不足なく行き渡っていくからです。

この『富』とは奪い合っていた限られたお金や物のことではありません。合理性（人としての望ましいあり方に適《かな》うという意味での合理性）によって、必要十分に作られるお金や物のことです。物やサービスは滑らかに品質が向上し適量が確保されます。だから、個人や組織がせっせと蓄財する必要もなくなっていくのです。

もう十分に呆《あき》れておられると思いますが、私たちには、もう一段階その先がありました。というのは、私たちは、初めの5年間と次の10年間で政府通貨によってお金の仕組みを大きく変えましたが、さらにその後の5年間でお金そのものが徐々に不要になっていったのです。

それについてこれから…」

●よくある質問コーナー

「コァッ、コァッ、た、た、大変です、ご主人様。銀河各地から『政府通貨』や『脱皮』についてたくさん質問のお便りが届いています。亜空間通信ですって。難しそう、コアー」

「なんだって？　おかしいな、これって生放送じゃないはずなんだが。しかも、まだ説明の途中だし…。まあ、いいか。それじゃ、タマ子、一件ずつ紹介してごらん」

「はい、コッコ。最初のお便りです。亜空間ネーム『宇宙の穴で節税対策』さん」
◇基本金の財源は何でしょうか？　またしても税金が上がるのでしょうか？
◆おっと、これは私の説明が下手糞《へたくそ》だったようですね。そのための政府通貨であって税金や保険料に頼る必要がないのです、国債などの借金も不要なのです。
お金を「集めて配る」から、直接「作って配る」に転換したのです。税金や保険料を集めて少しずつサービスを配るのではなく、直接必要なだけお金を作って必要なところに配るのです。だから、脱皮したら脱税、ではなくて、節税に頭を悩ますこともないのです。節税を指南する仕事も無用になりますが、それに代わる仕事がいくらでもあります。

「コッコ。次のお便りです。亜空間ネーム『宇宙の穴でインフレ対策』さん」
◇政府通貨なら聞いたことがあります。しかし、誰がどんなに提唱しようと有力な有識者や政治家の先生方によって常に却下されました。それは確か、超インフレになる懸念がぬぐえないからでした。超インフレにならない保証はあるのでしょうか？

◆物やサービスが不足する一方でお金が極端に過剰な状態が超インフレですが、技術や設備機械や労働力が発達した社会では、国（政府）や関連機関が慎重にお金を発行・管理すれば、適切なバランスを保つことは決して難しくないのです。

また、信用創造で作られる見えないお金は借金が返済されると消えるので、次々と借金を作り出す必要があります。局面打開のために国債や紙幣を大量増刷することもあります。

これに対して、私たちの政府通貨は、見えないお金（口座上のお金）も見えるお金（現金）も基本的に消えません。消えずに社会を血液のように循環し続けます。だから経済規模に合った通貨量が行き渡れば、超インフレを招くような通貨発行をすることもないのです。

どんな時代、どんな経済体制でも、お金のバランスで鍵《かぎ》になるのは、政治家やお役人や大金を動かす人の資質やモラルであり、それらもまた、言論の自由に支えられた国民の声とともに成熟していくのです。ちなみに、私たちは政治家を先生とは呼びません。

お金は人間が作ってきたものです。世の中のお金の全体量や配分を決めてきたのも人間です。超インフレも不景気も、そうならないためには、何のために、どうやって、どれだけのお金を作り、どこに配るかを大きく誤らないことです。「何が何でも経済成長信仰」や利権の力に押し切られないことです。

働きたくても働けない人がいて、動かしたくても動かせない工場や機械や技術があって、政府が信用できず将来が不安で使わないお金が眠り、必要なところにお金が回らない…まさにこれが「不景気」であり、様々な社会問題の温床にもなります。不景気の中にあっては、組織や個人の多くが、なりふり構わず自分たちを守ろうとして、より利権や私欲を優先してしまい、さらに悪循環に嵌《は》まることもあるのです。

「コッコ。次のお便りです。亜空間ネーム『宇宙の穴と不屈の精神』さん」

◇基本金やら基本資金やらを配ったら、厳しい現実社会を生き抜く強さや必死さがなくなりませんでしたか？　人は軟弱になりませんでしたか？

◆人は総じて強くしなやかになり、それぞれの命を大切に生きるようになりました。

厳しい現実社会を作り出しているのは何でしょう？　自然の要素が少々と残りは人自身なのです。人自身が生き辛い社会を作り出しているのです。それに打ち勝つ人は立派ですが、誰もが一生、勝ち続けられるわけではありません。

人は、「人間なんてこんなもの」と決め付け、厳しい競争社会を作り出しては、その社会に個々の人生を適合させることを自明のこととして受け入れます。仕事も学校教育も窮屈な型枠に人間の善性や可能性を閉じ込めるかのように。そして「人生は厳しい。強く生きねばならない」とします。それは「強さ」というよりむしろ「強がりの押し付け合い」と私たちは捉《とら》えます。

私たちは、厳しい現実社会を優しい現実社会に変えようと粘り強く取り組んできました。優しさは自分に対する厳しさと表裏一体ともいわれます。それを裏付けるように、脱皮して行く社会と一人ひとりの歩みは、人を強くしなやかにしていくのです。

異星の皆さんは、私たちのことを単純でおめでたい奴らと思われるでしょう。我々と一緒にするなと憤慨されるでしょう。しかし単純な分、気づくことだってあります。

それに、私たちは人同士つながると同時に天上とつながっています。いつだって、天を念頭において生きているのです…何とか教ではありませんが。他者との比較で自信を得たり失ったりしてばかりでは、人は脆《もろ》く危うい存在なのです。たとえ、何かの間違いで厳しい現実に連れ戻されたとしても、その中でも私たちはきっと強くしなやかに生き抜くでしょう。

「コッコ。次のお便りです。亜空間ネーム『宇宙の穴と働きバチ』さん」

◇基本金やら基本資金やらを配ったら、労働が軽視されませんでしたか？　働かない人が大勢出ませんでしたか？

◆労働は有史以来最高に尊ばれるようになりました。一時は働かない期間があっても、喜んで再び何かに従事する人がほとんどでした。

人は本来なら（心身が少しでも健康でいられるなら）、働きたいと願うものです。何かをせずにいられないのです。それのみか、人間は自分の仕事が他者に喜ばれることで自己の充実を感じる非凡な生き物なのです。

ところが、お金が命より優先される競争社会では、「生命の声」が喜ぶような労働は排除されがちなので、ともすると、人はわずかな時間でも怠けたくなるのです。

労働は人間の尊い行為です。しかし、脱皮する世界では、何が何でも働くことが絶対的美徳という考えは衰退します。何のために働くかが、より明白に重要になります。

そもそも脱皮前の世界は、労働力の偏《かたよ》りが大きく、過労死するほどの激務がある一方で、仕事がないか、あっても痛々しい収入にしかならない仕事がざらでした。脱皮前の私たちの国では、労働は義務でした。人は生活のためにお金を稼ぐ労働が必要でした。しかし、不景気で仕事がなくても労働が義務とは、何という矛盾、不条理でしょうか。

それでなくても、脱皮前の世界では、人類の益になるはずの科学技術の進歩が、様々な仕事を人々から徐々に奪っていました。多くは、効率化、人件費削減の名目で。ロボットが、ＩＴ（情報技術）が、ＡＩ（人口知能）が、かつてない数の失業者を世に送り出そうとしていたのです。

昔、私たちの国に電気洗濯機ができて人は手洗いの労苦から解放され、その時間を他のことに使えるようになり、誰もが喜びました。しかし、あらゆる機械化が進み社会全体の手仕事が縮小してくると、科学技術の進歩は手放しでは喜べなくなります。失業者を大量に出し、貧富の差をさらに広げ、社会をギスギスさせるのです。

これに対し、政府通貨を元にした科学技術の進歩は、副作用なく、比較的単調な仕事から人を解放し、膨大な情報を処理する複雑な仕事から人を解放し、辛い仕事や危険な仕事から人を可能な限り解放します。収入源である仕事を人から奪うのではなく、人が自由になる時間を創出し、人を快適にし、人類全体が向上していく原動力となります。貧富の差なら逆に解消します。すべての理由は簡単。お金の心配をする必要がないからです。

そうして得られた時間で、人は誇りと喜びを持って労働をします。多くの仕事が、社会と個々の豊かさのために進化し成熟していきます。

それは、科学技術が及ばない仕事、科学技術に頼るまでもない仕事、あえて人の手でする仕事などです。

それは、人の不安につけ込むのではない、無理にでも買わせるのではない、騙《だま》してでも奪ってでも誤魔化してでも売り上げを捻出《ねんしゅつ》するのではない、数字を操り数字に操られ利子や配当に一喜一憂するのではない仕事です。

私たちは、社会にとってなるべく必要な仕事をします。特に、教育、医療、福祉、防災、環境保全、食料生産などの仕事は、人手がどれだけあってもいいものです。

中でも農業を中心とする第一次産業は、食料自給率を高め維持するためにももっと尊重されるべき大事な仕事です。区画整理された広い田畑だけでなく、大型機械が入らない狭い田畑も水を貯え無数の命を育《はぐく》みます。農業には経済的合理性だけでは計れない恵みがあるのです。人は何がしたいか判《わか》らなくなったら短い期間でも自然に飛び込むといいのです。大地は分け隔てなく人を受け入れてくれます。大地はさらに、心を空っぽにして耳を澄ます者に生命の息吹を吹き込んで、心身を元気にしてくれることさえあります。

脱皮中の仕事の多くは日に6時間、週に4日も働けば十分です。脱皮後はさらに短時間になります。人々は仕事を分け合い多種多様な職業を経験できます。
もちろん、一つの職業を生涯の仕事として打ち込むことも、四六時中、一つの仕事に専念することも自由です。特に熟練を要する仕事ではその種の働き方は残りますが、それでも脱皮前には乏しかった時間や心の余裕が全然違うのです。

「コッコ。次のお便りです。亜空間ネーム『宇宙の穴とタクシードライバー』さん」

◇私は都市部のタクシー運転手です。小規模な農業では稼げず生活していけません。電車やバスが先に無料になったら、私らの商売も上がったりです。どうなんですか？

◆公共交通機関が無料となれば、当然のように人々はそれらを積極的に利用しタクシーは一時的に利用しなくなりましたが、またすぐにタクシーも利用するようになりました。誰にも金銭的な余裕ができるので気軽にタクシーも利用できるからです。時刻表に縛られず目的地に短時間で直接行けるというタクシーならではの長所があるからです。

ちなみに、私個人は、脱皮前はほとんどタクシーを利用したことがありません。元々歩くのが好きだし、必要に差し迫られて利用したとき、残念な思いをしたからです。近距離の行き先を告げると露骨に不機嫌な態度になったり、少しでも距離を稼ごうと遠回りしたりする運転手さんに偶々《たまたま》当たったからです。運転手さんにも生活がかかっていて大変なのはわかりますが心が痛みました。その点、脱皮する（した）世界では、運転手さんも利用者もお金のためにこせこせする必要がなく、普通に自然に明朗でいられるのです。

「コッコ。次のお便りです。亜空間ネーム『宇宙の穴で企業努力』さん」

◇お金の心配をする必要があるからこそ競争社会だからこそ、売れる製品を、ライバル社より優れた製品を作ろうと、会社はアイデアを練り切磋琢磨《せっさたくま》します。その結果、技術も品質も向上していきます。豊かな社会はこうして進歩していくのではないでしょうか？

◆それは確かに豊かな社会を実現するための大きな原動力でした。私たちは先人たちの功績にどんなに敬意をはらっても足りません。しかし、私たちはいつまでもそのやり方に留《とど》まっていてはいけないと考えたのです。そこは成功と挫折の諸刃《もろは》の社会です。冷酷非情と紙一重の社会です。それに、予算を気にしながら、利益率も、納税額も、株主のご機嫌も気にしながら、優れた製品やサービスを世に出し続けることは至難の技なのです。大手企業には可能でも、その皺《しわ》寄せで零細な下請け会社ほど苦しむのです。

私たちは、お金のためではなく、誰もが豊かに共生する社会のために、アイデアを練り、切磋琢磨します。どちらがより早く優れた製品を提供できる可能性が高いか？　物作りの真の喜びはどちらにあるか？　作り手の真心が難なく込められるのはどちらか？　どちらが望ましい姿か？　光に葉を向ける草木のように私たちは後者を選んだのです。

「コッコ。次のお便りです。亜空間ネーム『宇宙の穴で高利貸し』さん」

◇利子をなくすなんて、乱暴過ぎませんか？　ゼロ金利やマイナス金利で、その時々の各種金利を柔軟に調整しながら経済の安定・発展を目指すべきではありませんか？

◆それで経済がうまく回るなら利子も結構でしょうが、私たちの場合はうまくいかなかったのです。行き詰まって、先行きが見えないところまで追い込まれていたのです。

私たちの星でも景気対策に、いくつかの国で一部の金利を一時的にマイナスにしたことがあります。つまり、預ける期間が長くなるほど元のお金の価値が下がっていく状態です。しかし、ほとんど効果はないばかりか、かえって閉塞《へいそく》感や無力感が漂いました。

なぜなら、利子は競争の原理によって立つ椅子《いす》取りゲームであり、預金者（銀行など）はそのマイナス分をどこか別のところで、無理してでも取り戻そうとするからです…社会のためというより自分たちを守るために。表土をこねくり回していても土壌は改善しません。私たちは今と数十年後、さらにその先の長い歴史も見据《す》えて利子と決別したのです。

それにしても、タマ子。さっきから気になってたんだが、皆さんのペンネーム、じゃなくて、亜空間ネームは何でこんなに「穴」付きなんだろう？　もしかして私の説明が穴だらけってことかな？　そもそも説明途中で次々と質問のお便りが来るもんだから…。ブツブツ。

「コッコ、よく気がつきました。穴だらけ、欠陥だらけ、突っ込みどころ満載ってことだと思います。へこたれずに、がんばりましょう」

「**コッコ。次のお便りです。亜空間ネーム『宇宙の穴と自販機』さん**」

◇政府通貨になると、それまでの通貨と併せて2種類の通貨が出回ることになるのですか？　自動販売機や券売機やATMやレジなど機械の対応だけでも大変そうですが。

◆大変そうですが、準備期間や併用期間を設けて臨めば、できなくはありません。過去にも新札や新硬貨への切り替えは何度もありました。それに、必ずしも新しい通貨にする必要はありません。私たちは、旧札、旧硬貨のまま政府通貨に移行しました。通貨の単位も変えませんでした。新しい通貨で気分一新としたい意見もありましたが、少しでも混乱を避けたかったのと、通貨という手段よりも脱皮という目的に資源や労力をなるべく使いたかったからです。

政府通貨は、中央銀行ではなく、国（政府）に通貨発行権があるわけですが、紙幣に印刷された中央銀行の文字も私たちはそのままでよいことにしました。経済を円滑にするために通貨があるのであって、通貨のために経済があるわけではないのです。単純な私たちは経済が円滑に立ち行くように、通貨の解釈や法律を変えればすむことでした。

「**コッコ。次のお便りです。亜空間ネーム『宇宙の穴と大物政治家』さん**」

◇えー、私は政権を預かる政治家でございます。安定を望む国民、特に大企業や富裕層の皆さんから絶大なる支持を得ております。たまには不祥事などもありますが雑音は封印し、ぶれずに経済発展第一で国民のための政策を推進しております。政府通貨ということですが、もし、その政府が我々のような盤石《ばんじゃく》な政府ではなく、コロコロ入れ替わるような政府だったらどうなりますか？　えー、それと少し前に、「政治家を先生とは呼ばない」などと聞き捨てならない発言がありましたが、どういうことでございましょうか？

◆恐れ入りますが、私たちの政府の中枢《ちゅうすう》は、ＡＩ（人工知能）政府です。脱皮していく過程でＡＩ政府に移行していきました。ＡＩ政府は、不祥事を秘書らのせいにして責任逃れをしません。本音から失言して「誤解を招いたなら陳謝します」とは言いません。税金を鱈腹《たらふく》食べて会議で居眠りもしません。次の選挙のため面識もないのに地元の冠婚葬祭にせっせと電報も打ちません。強大国からの圧力や利権や党利に左右されない、広く国民のためになる最良の施策を、膨大な情報から瞬時に分析・判断して導き出します。

ＡＩ政府はコンピュータの言わば箱です。箱の前と後ろには本物の政治家がいます。議案を政治家がＡＩ政府に渡し、ＡＩ政府が導き出した最良の施策を政治家が最終吟味して、法律や政策や制度に反映します。

私たちの政治家は財界の代理人ではありません。宗教団体の別の顔でもありません。多様な考えを認め合いながらも群れる必要もありません。だから、政党や派閥といった枠組みも自然解消していきます。公正で志の高い尊敬できる政治家だからこそ、私たちは先生とは呼ばないのです。彼ら（彼女ら）は、先生と呼ばれても喜びません。先生と呼ぶのは、本来、先生と呼ばれていた学校の先生やお医者様だけで十分です。失礼しました。

「コッコ。次のお便りです。亜空間ネーム『宇宙の穴と為替レート』さん」

◇外国とのお金のやりとりはどうなるのでしょう？　入出国も輸出入も税金関連も大変なことになりますよね。そもそも一国で、政府通貨、脱皮中、脱皮後などと騒いでいても国際的に問題ないのですか？　あなたたちは何も知らないから無責任なことを恥ずかしげもなく言えるのでしょうが、私たちの星では、国際間の複雑な通貨制度や国際通貨を主導する強大国や組織が壁になって、そんな簡単には事が運ばないのです。

◆問題があるなら問題をなくすべきと私たちは考えます。私たちの惑星でもややこしいことが山盛りでした。それでいて先進国とか経済大国と呼ばれていた国でさえ時代が進むにつれ厳しい財政難に陥っていました。様々な社会問題も深刻化していました。ややこしくしておいて問題だらけ、これっておかしくありませんか？

幸い私たちの国は、先人たちの苦労のおかげで条件に恵まれていました。政府通貨を発行して経済を立て直すための条件です。人や技術や設備機械などの生産性が高いこと、多くの問題を抱えながらも独自通貨で経済が回っていること、海外に借金がほとんどないこと、国民が総じて勤勉であること、機が熟していたことなどです。条件が揃《そろ》っているのに破滅の足音を聞きながら有効な手を打たない状態こそ無責任と私たちは考えました。私たちは世界で初めて本格的に政府通貨を導入し、経済を劇的に立て直すことにも成功しました。

脱皮中、海外から来た人々は、交通機関やあらゆる公共サービスが無料であることに衝撃を受けます。その簡単な仕組みを知って歓喜し、見聞きしたことを自国に持ち帰ります。入国するまでもなくネット社会での情報は世界中を駆け巡ります。一国の行き詰まっていたあらゆる状況が劇的に改善し国民が元気になれば、世界は認めてくれるのです。

認めるどころか、いくつかの国々はすぐに同様の方法を採択し、それは徐々に世界中に広がっていきました。お金が不要になる完全脱皮ではなく、政府通貨で経済が回るだけでも社会は劇的に明るくなります。私たちは名誉ある先駆けとなったのです。

脱皮中、輸出入でのお金のやり取りも、お金の出所《でどころ》が政府通貨に変わっただけで、基本的には変わりません。無税では関税に支障ありということなら、世界中の足並みが揃うまで関税を残せば済むことです。海外の資産家や企業がタックスヘイブン（租税回避地）に利用しようとするなら、その国に迷惑をかけないよう法を整備し厳重に監視するシステムを作れば済むことです。

世界中が同時に脱皮できるわけではないので、輸出入や渡航ではお金のやり取りをめぐって様々な課題が出てきます。しかし、それもそのための政府通貨を柔軟に駆使し、ルールをしっかり決めていけば解決できないことはないのです。たとえば、自国に足りない資源は外国に頼らざるを得ませんが、相手国が脱皮していなければ、私の国（政府）が相手国に通用するお金に交換して資源を輸入すれば済むことなのです。

ちなみに、脱皮中や脱皮後の輸出入の目的は、自国に足りない物や生産できない物を補完し合い、優れた製品を提供し合うことになります。それは、個々の企業の利潤が第一ではなく、外貨稼ぎのための農産物や工業製品の売り付け合いでもありません。自国で優れた農産物や工業製品が作れる国に対しわざわざ割当量を押し付けて生産者を苦しめません。単純な私たちは、貧しかった国ほど世界中で助け合って豊かな世界に向かいます。大半の国が脱皮して、お金が不要になれば、関税の税率や貿易協定を巡ってすったもんだもせずに済むのです。

「コッコ。次のお便りです。亜空間ネーム『宇宙の穴で一日停止』さん」

◇ちょっとストップ。あなたの星では政府通貨で貨幣経済を再建した。そうですよね？せっかく再建したのにお金が不要になったのですか？　それはなぜ？　どうやって？

◆そうなんです。再建してからお金が不要になっていったんです。それを私が説明しかけたところへ質問のお便りが次々と舞い込んできて、対応に追われていた次第です。

私たちは政府通貨でお金の経済を大きく変革しました。これで何十年、もしかすると何百年も経済がうまく回るんじゃないかとさえ予想もしました。ところが、結果は予想を越え、お金は塩をまかれたナメクジのように萎《しぼ》んでいったのです。そうなった一番の背景は、「損得は全体《トータル》でとんとん」（122〜123ページご参照）と私たちが自然に思えるようになったことです。お金が当然の星の人には戯言《たわごと》にしか聞こえないことは承知しています。

しかし、私たちはお金を根源から問うたのです。お金は天からの恵みでも地からの恵みでもありません。お金は人間が作り出し、「価値あることに」「信用できることに」し合っている了解ごとなのです。あなたの星の紙幣は私の星ではただの紙です。

人は、そのお金を神のように崇《あが》め、仕事でもプライベートでもどれほど多くの時間と労力をお金に捧げていることでしょう。その時間と労力をお金抜きで目的に向ければ、もっと生産的になれるのです。もっと世界は広がり、もっと自由になれるし、余計なストレスは激減するのです。

私たちはこの奇跡の星にお金の計算をするために生まれてきたのでしょうか？　お金の計算をして、お金で暇つぶしして、お金で気晴らしして、お金で…。それも人生でしょう。しかし、いつまでもそれでは、如何《いか》にももったいないと私たちは思ったのです。

脱皮中、私たちは、政府通貨を財源として、公共性の高いものから順次、無料にしていきました。しかし、公共性の高低や民間との区切りは次第に薄れていきます。人々の仕事や暮らしが政府通貨を元手に回るようになると、お金自体も影が薄くなっていくのです。

水中に人間が長くいるためには酸素ボンベが必要です。しかし、一度《ひとたび》水面から出たなら、ボンベはいらないし、かえって自由を妨げます。お金も同じことなのです。お金の計算、移動、記録、分析に明け暮れるメリット（長所）よりデメリット（短所）が大きく上回ることに私たちは気づいたのです。そもそもなぜお金？　と誰もが自然に思えてくるのです。

そこへ、実際にお金が不要になっていきます。たとえば食料品なら、食料品の中でも日常的に必要なものから優先して無料化されます。無料化される食品の生産者（Aさん）は、当初、生産に必要な原料や機械などの購入や維持のための資金を政府通貨から得られますが、その原料や機械の生産者にも同様に政府通貨が投入されると、Aさんは、その原料や機械を無料で入手でき、政府通貨も次第に不要になります。その繰り返しで、政府通貨の投入先は、あらゆる分野で次第に絞られていき、最終的に自国で調達できないものだけになるのです。実際の経済活動は縦方向の一方通行だけではなく、横にも斜めにも蜘蛛《くも》の巣のようにつながっているので、「損得は全体《トータル》でとんとん」の関係が実現していくのです。

「そんなうまくいくわけない」と思われますか？　ツリーから葉っぱを引き千切るのではありません。役目を終えた電飾を外すだけです。電飾（お金）は、元々なかったのです。心開けば簡単なことなんです。私利を超えて未来と本来に心開けるか、最後はそこなんです。あなたが私の星にやってきたら私の自慢の野菜や果物をあなたに差し上げます。私があなたの仕事の成果に直接触れられなくても、私は知らないどこかで間接的にその恩恵にあずかっています。それで十分です。そこにお金のやり取りはいらないのです。

「コッコ。次のお便りです。亜空間ネーム『宇宙の穴でチケット争奪』さん」

◇お金には人の欲を調整する役割もあります。たとえば、入手しにくいチケットほど高額になり、それでもほしい人が高いお金を払って購入します。お金のない世界では何でも「譲り合い」と「早い者勝ち」ということですか？

「ご主人様、チケットって何ですか？　例をあげてくれないと困りますよね。コッコ」
◆タマ子、チケットというのはね、指定席券みたいなものだ。グリーン車のチケット、スポーツ観戦のチケット、人気アイドルのコンサートチケットなど、いろいろあるよ。
「うーん、もう少し具体的に例をあげてくれないと、わかりません。コッコ」
◆そうか。では、「めんどりタマ子ディナーショー」なんてのがあるとする。タマ子は人気者で百万人くらいの人が入場したいけど、会場の定員は百人で入れない人がたくさん出そうという場合、チケットの金額で調整するわけだ」
「えへへ、それならよくわかる。コッコ」
◆そうか。（フィルムがもう切れそうなのに、とんだ空費だ）さて、本題に戻りまして、脱皮後の私たちは、お金の代わりになる「ポイント」をしばらくの間、採用しました。
「ポイント」の仕組みは次のとおりです。

・毎年、国民一人ひとりの誕生月に、国（政府）から一定のポイントが付与される。
・ポイントは、使わなくても一年後に消える。使えば減り増えることはない。
・ポイントは、譲渡や貸し借りはできない。
・チケットの入手などは、基本的に申し込みの先着順とし、ものによっては抽選とする。
・ポイントは、選手やアーチストや興行主などに直接払うわけではない。ポイントを使うとき（チケット取得時など）は、国（政府）の個人記録からポイントが引かれるだけ。

特に、最後の点において、ポイントはお金とはまったく異なるものです。

ところで、このポイントも次第に使われなくなりました。たとえば、グリーン車チケットは、すべての車両が心地よい座席になっていくと無意味になります。放映権や著作権などもなくなり、VR（仮想現実）映像技術の発達と相まって、誰でも居ながらにして特等席で臨場感たっぷりに安全にコンサートや観劇やスポーツ観戦が楽しめるのです。それでもどうしても生で体験したい人だけがポイントを利用します。

ちなみに、放映権や著作権だけでなく、特許権もなくなります。それらはみな本来、先人たちの幾多の奮闘努力の積み重ねによって達成されてきた人類全体の共有財産なのです。貨幣経済の競争社会だったから、この権利もあの権利も失うまいとします。しかし、競争社会を脱すれば、そこには個々の権利にしがみつかなくても、それを遥かに凌駕《りょうが》する特権の数々が、自由が、可能性が万人に開けているのです。

「コッコ。次のお便りです。亜空間ネーム『宇宙の穴で契約更改』さん」

◇私は、プロトップアスリートの代理人です。私の担当するアスリート（選手）たちは一般人の生涯年収の何倍もの金額を1年で稼ぎます。あなたの星のようにお金が不要ということになったら、彼らの天性の才能、鍛え上げた体力、磨《みが》き抜いた技術、探究心など、それらに見合った年俸も「なし」ですか？　そんなことでは、子どもたちも「将来あんな選手になりたい」という夢を抱けなくなるのではないでしょうか。

◆超人的なプロのアスリートも、現役期間が脱皮期間内であれば、高額年棒を突然失うことはないのです。彼らでさえ大けがや大スランプの不安と無縁ではありません。選手生命がいつ終わるかもわかりません。また、彼らはピラミッドの頂点のようにまさに一握りの存在ですが、その下にはプロからアマチュアまで常に不安を抱えてプレーする無数のアスリートがいます。一方、脱皮中も脱皮後も、すべてのアスリートは、彼らを取り巻く環境下において経済的不安から開放され、練習や試合に打ち込めるのです。

それにまた、私たちが真に感動するのは、彼らの年棒ではなく、そのプレーではないでしょうか。スポーツだけではありません。映画や音楽や料理でも、どんな分野の作品でも、真の感動は作品そのものにあるのであって、作者がいくら稼いでいるかとか、高額な料金や巨額な制作費ではないはずです。お金に関係なく、感動を呼ぶパフォーマンスには賞賛や名誉が付いてきます。また、それに見合った待遇として、本人の希望を踏まえ住環境を始めとする様々な形で社会は報いることができるのです。

お金ありきの世界では、スポーツでも、お金になる（可能性のある）種目に人気が集中しがちです。しかし、メジャーでない種目も、やってみて初めて、その楽しさや奥の深さに気づくことがあります。才能や適性のある人が集まれば、その種目のレベルも上がるでしょう。お金を判断基準にせず、いろんな種目や分野を通して自分に合ったものに出合えることは、本人にとっても社会にとっても幸福なことではないでしょうか。職業でも芸術でも趣味でも同じことが言えると思うのです。

「コッコ。次のお便りです。亜空間ネーム『宇宙の穴で土地転がし』さん」

◇私は都心の一等地に土地を持っています。先々代から受け継いだ土地です。たぶん、あなたのような人には浴室ほどの面積さえ一生手が届かない価格です。お金が不要の世界では私の土地の資産価値も「なし」ということですか？　それと、もし私が新たに好立地の土地を知った場合、お金が不要の世界では、その土地をどうやって自分のものにできるのでしょう？　まさか、すべての土地は国がいったん没収して、国から借り受けるなんてことではないでしょうね。

◆私は都心でも働いたことがあるので一等地がどんなものか想像はつきますが、あなたのお悩みを親身になって想像できるほどの裕福な生活には無縁でした。したがって、満足いただける回答は難しいと思います。それでもよろしければ…。

私も土地を持っています…山間部ですが。先々代の先代から受け継いだ土地です。宅地に田畑に広い山林がありますが、全部の面積を合わせても、たぶん、あなたの一等地の洗面台の面積ほどの資産価値もありません。それでも、あなたの一等地にも負けない価値があると私は思っております。先祖や親戚や近隣の人が荒地を切り開き、石を積み、土を育て、幾多の苦難をなめながら、脈々と受け継いできた土地なのです。

しかし、「それがどうした」と言われそうなので、この話は止《や》めて別の話をします。

土地は元々誰のものでもありませんでした…人間が現れるまでは。

人間が現れて、「ここは私の場所」と宣言すると、その人のものになりました。世の中にお金が現れると、品物と同じように土地も売買されるようになりました。場所の便利さや安全性、日当たり、土壌《どじょう》の肥沃《ひよく》さなど、条件のよい土地ほど高値で取引されました。土地は投機の対象となり、その土地を使うわけではなくても、利益のために売買が繰り返されました。あなたのお悩みは、この延長上にあると思われます。

申し訳ございませんが、私たちは、力比《くら》べ（競争）の世界は脱したのです。利益を得ようとする必要も「蓄財」の必要もないのです。だから、資産価値という考えも過去に置いてきました。資産形成、資産運用、これらのことばを実生活で聞くこともなくなりました。

今では、私たちは土地を売買などしません。何らかの事情で土地や建物の所有者が変わるときは登記の記録を変更するだけです。しかも、簡単な手続きで。

所有者が誰なのか不明になったり放棄されたりした土地や家は自治体の所管になります。積極的に個人や企業や団体から自治体に譲渡することもよくあります。法律や条例の障壁は取り払いました。それらの土地や家は誰にも利用権があり、申請して審査に通れば利用できます。だから、誰でもマイホームを持つことは難しいことではないし、セカンドハウスも特別なことではありません。

ここで、ついでながら脱皮後の家について簡単に紹介します。私たちの家は、一戸建てであれ、集合住宅であれ、「丈夫で長持ち」が基本です。百年は余裕で持ちます。なぜなら良質な建材を使い、理に適《かな》った工法で、そこに住む人のことを第一に考えて丁寧に作るからです。

脱皮前はそうしたくてもできない理由がありました。施主は費用をなるべく抑えたいし、建築業者もまた利益を出さないと経営が成り立たないからです。建材などの費用をできるだけ抑え、なるべく短期間で、なるべく画一的なセット製品などで作らなければなりません。しかも、あまり長持ちされては次の仕事が来ません。以上のような理由で、住宅ローンが終わる頃には大幅な改修か建て替えが必要になるようになっていたのです。

脱皮前には見上げるような豪邸も多々ありました。豪邸からほんの少しずれた場所には、崩れかけのような一軒家や粗末な集合住宅が建っており、そこに住むしかない生身の人々が暮らしていました。古くて、狭く、風呂がなく、トイレは共同…それは、格差は仕方ないとする社会の象徴のようでもありました。路上生活に入り二度と抜け出せなくなった人々もいました。豪邸はかまいませんが、一方で、そういう粗末な集合住宅などがあり、そこに住む人々が悲惨な生活を強いられているという現実を私たちは放っておけません。それは社会として恥ずべきことと私たちは考えます。

だから、脱皮し始めてから長期には渡りましたが、一大建築ブームとなり次々と小ぎれいな住居に建て替えられ、元の住民にも移り住んでもらったのです。住環境が改善するだけでも人は明るく前向きに生きられるようになります。他者《ひと》にも優しくなれるのです。

「コッコ。次のお便りです。亜空間ネーム『宇宙の穴で確定申告』さん」

◇私は税理士です。働きながら勉強して難しい試験にも合格しました。私の身内も税のスペシャリストとして永年、身を粉にして国のために働いてきました。保険会社や証券会社に勤めている友人もいます。私たちには万に一つの可能性もあり得ないと思いますが、税金も保険も株なども不要な社会になったとして、私たちの仕事や人生はどうなるのでしょう？　私たちの仕事だけではありません。無償の仕事は例外的で、お金とまったく無縁の仕事なんてありません。全員失業ですか？

◆税金や保険や株もお金そのものも大切な役割を果たしてきました。その恩恵で、人類は欲望を調整し、ときには不安を和らげ、向上意欲を鼓舞しながら、文明を築き上げてきました。人類が通る必然だったとも言えるでしょう。

「単純だからできたのだろう」と言われればそうかもしれませんが、私たちはお金の果たしてきた役割を肯定しつつ、将来に渡る長期的視点を優先したのです。税金でも保険でも他のどんな制度や仕事でも、重大な問題を抱えているなら、それに代わる合理的なやり方があるなら、職業的経験知識や個々の思い入れを超えて新段階に移行できないものかと、私たちは愚直に本気で考えたのです。

私たちは今あるものがずっと続きその中で生きていくしかない感覚でいます。ところが実際は、ほぼすべてのものが変化していきます。建物、設備、機械、道、乗り物、情報、通信手段、職業、法律、制度、あらゆる技術や芸術…。百年前から続いているものがどれだけあるでしょうか？　見える物も見えないものも移り変わっていきます。時代の必然性が変えていくのです。少しずつ、ときに大胆に。人類の歴史の中で貨幣経済の一大転換を実現できるなら、それは後世にも誇れる名誉なことではないでしょうか。

もちろん、目前の仕事を成し遂げねばなりません。宙ぶらりんのお金を大半の人が納得いくように清算せねばなりません。明日の食料も、来月の衣服も、来年の住居も確保せねばなりません。大きな変化とそのショックを和らげねばなりません。だから、私たちには脱皮期間が必要だったのです。

失業の心配ならご無用です。人間を幸福にする生産的な多種多様な仕事が待っています。仕事だけのことではありません。お金の計算がなくなるだけでも膨大な時間ができます。あなたの自由な時間が確保できます。お金の競争社会の中では、多くの人が、子どもの頃の夢や本当にやりたかった職業をどこかで棚《たな》上げして現実的選択をします。そしてその後は、一度引っ込めた夢も情熱もほぼ例外なく戻ってきません。しかし、脱皮する世界では違うのです。命の尽きる直前まで何事も遅すぎることはないのです。お金に振り回されることなく、誰もが充実した人生を生きられるのです。

「コッコ。次のお便りです。亜空間ネーム『宇宙の穴でお買い物』さん」

◇ねえ、知ってる？　私の趣味はショッピングなの。ノルマにパワハラにセクハラにクレームに、毎日辛いことだらけだけど、がんばってお仕事して、いただいたお給料で気に入った服やアクセサリーを買ったり、おいしい物を食べ歩いたりするのが好きなの。生きてるって思えるの。家賃も払っていけるし、デートにもコンサートにも美容院にも行けるし、体のどこかおかしくなったら病院にも行けるの。困っている人に寄付してあげることだってできるの。それもこれも、お金があるからできることでしょ。税金も保険料も払ってるからでしょ。変なこと言わないでよ。バカ。

◆どうもすみません。

「それで終わりですか？　コッコ」

◆いや、その、「お金があるからできる」と言われると、そうなんだよな…。

「何て頼りないご主人様！　では代わりにタマ子から一言。コッコ。

あのね、ニワトリの社会には、お金なんてないの。なくたって好きなものは口に入るの。あなたたちってお金というケージから出られずにいるんだわ。ケージは開いているのに、お金があるのは当然と思い込んで、狭い世界で嘴《くちばし》で小突き合って、本当にしたいことも我慢して、ストレス抱えて働いてるんだわ。そうやって、やっと入った少しばかりのお金で好きな物が手に入るからって、そんなの何か変。そんなの、ちっちゃーい。コッコ」

◇何わけわかんないこと言ってんのよ、変なニワトリ。フライドチキンにして食っちゃうぞ。

「キャー、ご主人様、助けてー、ココココ」

◆お嬢さん、すみません。タマ子に悪気はありませんが柔らかい肉ももうありません。

たぶん、同じところを33回噛《か》んで、やっと噛み切れるかどうか、そのくらい硬いです。ここは、どうかお見逃しください。

◇まあ、そんな硬いのはいやだから今回は見逃してあげるわ。以後気を付けなさいよ。

「コ、コ、こわかったー。次のお便りです。亜空間ネーム『宇宙の穴と資本主義』さん」

◇要するに、あなた方は資本主義を否定し社会主義に移行したということですか？　やたらと単純さを強調するあなた方に質問の意味が通じるか不安なので補足しますと、

『資本主義』とは、資本家の利益追求を目的として生産活動がなされる経済の仕組み。長所は、国民の自由競争が原則なので技術や経済が発達しやすいこと。また、その恩恵で資本家でない人も割りと豊かな暮らしができること。短所は、資本家に富が集中して極端な社会的不公平が生じやすいこと。また、お金自体が目的化し人心が荒廃しやすいこと。と言われています。一方、

『社会主義』とは、国（政府）の主導で生産活動がなされる経済の仕組み。長所は、（理論上は）富が公平に行き渡り、生活の不安がないこと。短所は、生活が保障され競争原理が働かないので、労働意欲がなくなり技術も経済も発達しにくいこと。結局理論どおりに行かず、富が公平に行き渡るどころか貧困が行き渡り、力ずくで理論どおりにしようとして残忍非道な独裁政治になりやすいこと。と言われています。

それぞれ歴史が証明しています。結局、社会主義なのですか？　さらにその先を行く共産主

義なのですか？　究極の共産主義は、私有財産もなくなり、争い事もなくなり、政府さえ不要になると聞きましたけど。

◆確かに私たちは単純で、少なくとも私はこの経済が何主義なのか知りません。だからといって資本主義を否定するものではありません。資本主義は大切な役割を果たしてきました。おかげで、物は増え生活は便利になり、昼も夜も刺激的になりました。また一方、社会主義にも共産主義にも、不屈の心でその理想に向かう立派な人たちがいました。

一番に問われるべきは、何主義かより、その根底にある生命観だと私たちは思うのです。どんなに立派な理想があっても、生命を軽んじるところに理想は実現しません。そこには悲しみも憎しみも尽きません。犯罪も戦争もなくなりません。言論を弾圧し、人を拷問にかけ、多くの人命を虐殺したことさえ何度もあります。理想のために？

あなたの星があなたの国がどんな経済主義でもかまいません。お金の計算をするその手を休めて、宇宙に思いを馳《は》せてみてください。

この星もこの生命も銀河の超奇跡なのです。私たち人類は、広大久遠の宇宙の奇跡の一点、奇跡の瞬間に摩訶《まか》不思議にも居合わせているのです。私たち一人ひとりは、この星に一時《ひととき》の命を授かって生かされているのです。私たちは、たとえ生命が尊いと素直に感じられなくても、せめて生命に対し慎重であることが、どうしても必要なのです。

それから、労働意欲のことですが、これも社会全体の生命観が鍵《かぎ》を握っています。

生命の声が喜ぶ社会では、競争原理は働かなくても人は何倍も喜んで働きます。労働に限ったことではありません。競争原理が動機ではないからこそ、仕方なくではなく、受け身ではなく、人は自分の興味を掘り下げ喜んで励みます。技術も経済も文化も自由に伸びやかに発達します。社会はおおらかに人を包み、人はおおらかになっていきます。

生命の声は、生命のエネルギーともいえます。人がこの世に生きている間、一人ひとりの中にあって、いつも生の充実（生きている実感、充実感）を求めているのです。

生命の声が日常的に押し潰《つぶ》され続けると、人は心身を病んでしまうのです。それは実に人に飼われる動物でさえも同じなのです。

「コッコ。次のお便りです。亜空間ネーム『学校で穴掘り四苦八苦』さん」

◇脱皮する社会では学校はどんなところなのですか？　脱皮前と何が違うのですか？

◆学校は、もちろん、教育の場です。社会性、教養、考える力、体力などを養います。脱皮前との決定的な違いは競争原理に立脚しないということです。安定して稼げる職業に就くための選別の場ではありません。他者《ひと》を打ち負かす訓練の場ではありません。従順な国民の養成機関ではありません。親も教師も子どもたちに願う根本は「自由」と「成長」です。一人ひとりの優れたところを伸ばし、足りないところをなるべく補います。

脱皮前は、貨幣経済の競争社会だったから、競争社会に適応するように、「負け組」にならないように、親は学校に期待します。教師（先生）は期待に応えるべくプレッシャーを受け種々雑多な問題を抱えながら、家庭を犠牲にしてまで限界以上の激務をこなします。心身を大きく病む先生も後を絶ちません。子どもは極端な場合、小学校入学前やさらにその前から遊びを取り上げられ勉強漬けにされます。しかし子ども時代に遊びを奪われた子どもは翼を切られた小鳥と変わりません。その傷は一生残るのです。勉強嫌いや家庭事情などから早々に脱落する子どももいます。テレビ局もゲーム会社も携帯電話会社も、利益を上げ、スポンサーや株主を満足させねばなりません。子どもの脳や生活への悪影響を本気で考慮する余裕はありません。親も、競争社会の余韻を家庭に持ち帰り、子どもに優しく接する余裕がありません。教室は、よく勉強できるけどどこか著しく病んでいる子どもと、落ち着きなく騒がしく勉強を諦めた子どもと、どちらでもない子どもで混沌《こんとん》とし、先生は疲れ果てます。

勉強がよくできる子どもは「お受験」して、よく勉強できる子どもばかりを集めた学校に高い入学金や授業料を払って進みます。そして、あらゆる学力の多くの子どもがこれまた高い授業料を払って塾に通います。「教育格差」は拡がり、その子が親になっても同じことが繰り返されます。塾には「みんなで勉強できるようになろう」という甘い発想はありません。自塾の生徒だけ勝ち抜いてこそ塾なのです。塾に通う生徒もまた、自分だけ自分たちだけが勝ち抜かねば意味がないのです。塾やその生徒が悪いのではありません。塾もまた、成績を上げ評判を上げ利益を上げなくては経営が成り立たないのです。子どもたちも1点の違いが食うか食われるかの勝負なのです。ともすればそれは、他者《ひと》の幸福が素直に喜べない気質、他者の不幸を喜ぶ気質を、後押ししてしまうのです。

一方、脱皮後の社会に塾はありません。塾の先生の多くは学校の先生になります。脱皮前には学校教育に相性が合わなかった塾の先生も、脱皮後の学校では伸び伸びと活躍できます。学校の先生が多すぎるということはありません。1クラスに多くて30人以内の生徒を科目ごとに複数の先生で担当します。

いろんなことで競い合うことはあります。競争がすべて悪いわけでは決してありません。競争を通しても、人は知識や技術や精神を磨きながら個人も集団も向上していけます。ただ、私たちが肯定する競争は競争社会に適合させるための競争ではないのです。

「教育は人の心を狭くするためではなく広くするためにある」…この素朴な原則が細かな校則よりも尊重されるところでは、親も先生も重苦しい競争から開放され、おおらかに子どもたちの「自由」と「成長」を育み見守っていけるのです。

私たちの学校で「いじめ」を見つけることは困難でしょう。なぜなら、脱皮していく私たちは、弱い者、苦しんでいる者を見たら、自分の心が苦しむからです。

「コッコ。次のお便りです。亜空間ネーム『犯罪で穴掘り四苦八苦』さん」

◇脱皮した世界に犯罪はないのですか？　どんな対策をしているのですか？

◆お金の経済から脱皮していく過程で、犯罪は段々減っていきました。お金の経済から脱皮すると、さらに一段と減りました。それもそのはず、お金がからまない犯罪は、元々非常に少ないのです。お金とは無関係に見える犯罪でも、大概どこかにお金がからんでいます。つまり、お金の経済を抜本的に見直すことが最強の抜本的対策なのです。

しかし、人間の闇《やみ》（性《さが》や業《ごう》とも表現されます）は手強くて、残念ながら、犯罪は完全にはなくなっていません。

そこで、私たちは、ある年齢になると任意で、指紋採取と、ＤＮＡ鑑定のためのサンプル採取に応じます。これは対象を外国人など特定の人に限定するものではありません。人権や個人の自由を侵害するものではありません。だから拒否することも自由です。

これは、犯罪を少しでもゼロに近づける有効な手段となっています。冤罪《えんざい》防止にも、万一の災害や事故などでの身元特定にも役立つのです。

「コッコ。次のお便りです。亜空間ネーム『戦争で穴掘り四苦八苦』さん」

◇脱皮した世界に戦争はないのですか？　軍隊や基地はどうなったのですか？

◆並々ならぬ質問です。ですが、私たちの答えは単純明快です。脱皮した今、戦争はありません。主な要因は三つあります。脱皮という挑戦を通し、命や戦争に対する人々の意識が深まっていったこと。全世界で貨幣経済からの脱却に向かっていること。世界防衛軍によって戦争が厳重かつ穏便に抑止されていることです。

世界防衛軍とは何かといいますと…。

私たちの大多数は戦争のない平和な世界を願ってきました。しかし、私たちの世界には、政治的または経済的に行き詰まって無茶をしたり、自国の領土や領海を力まかせに拡張しようとしたり、口実を作って戦争を仕掛けたり、それに報復したりといった動きがどんな時代にもありました。最も危ないのは、その国民ではなく指導者と仰がれる人々や軍部でしたが、さらに、その背後には「戦争の種蒔《ま》きをする人々」がいました。

なぜ、「戦争の種蒔きをする人々」はそんなことをするのか？　それは、ひとえに戦争ほど効率よくお金になる機会はないからです。いざ戦争になれば、莫大なお金や国債が発行され、超高額な大量の兵器が一気にさばけ、次の需要を生みます。不戦時でも、次の戦争のための兵器や設備や兵士の準備に莫大な国家予算が注ぎ込まれます。それも毎年確実に。貨幣経済から脱却し始め戦争がお金にならなくなると、事情は一変していったのですが。

ところで、戦争をなくすには全世界の軍事力をなくすことが理想であるけれど、少なくとも、現実に危険な国や組織が存在する以上、軍事力をなくすわけにはいきませんでした。まさに私たちの不完全なところです。「戦争の種蒔きをする人々」にすれば、思う壺《つぼ》でした。

私たちは考えました。残念ながら軍事力をなくすわけにはいかない。ただし、その軍事力は、従来のように各国が軍備を競いながら緊張を持続するものではなく、各国自前の軍備に代わって、各国代表からなる世界で一つの「世界防衛軍」であるべきと。

私たちは各家庭でパトカーや消防車を常備したり隊員に常駐してもらったりはしません。それは暮らしにも家計にも無理で無駄なことです。警察が一つの組織として存在し地域単位で機能するものであるように、世界防衛軍は世界の大まかな拠点にあって、危ない動きを監視し未然に封じるものです。

「コッコ。今入ったお便りです。亜空間ネーム『戦争で穴掘り四苦八苦・2』さん」

◇世界防衛軍か惑星防衛軍か知りませんが、各国の思惑や力関係などが邪魔をして到底うまくいくとは思えません。これは何かの冗談ですか?

◆冗談ではありません。私たちの星にも、かつて国連軍や多国籍軍と呼ばれる軍隊がありましたが、それは、必要なときに必ずしも的確に機能するものではありませんでした。まさに、各国の思惑や力関係などが邪魔をしたのです。

私たちの世界防衛軍は、国の大小を問わず各国が自前の軍備を放棄することが条件になります。放棄は世界防衛軍への参加より後になっても良しとしました。世界防衛軍は、有志の参加国で構成され、拠点は分散していても一つの組織として機能するものです。原則として、本部も拠点も特定の国のメンバーに偏ることなく、国の大小にも関係なく万遍なく構成されます。

メンバーは、究極の世界平和のために志願し、気高い精神と屈強な体力を併せ持つ精鋭の勇者です。格差社会の底辺から憎しみの銃を取るしかなかった若者ではありません。基地も兵器も新調する必要は当面ありませんでした。各国が放棄する軍備から必要分を確保し再編成したら残りは軍事以外で再利用するか廃棄しました。世界防衛軍では一方、どんな軍事的脅威も抑止できるよう世界の英知を結集して研究が進められています。

世界防衛軍に参加するかしないかは各国の自由でなければなりません。参加しない国は、あくまで武力に頼らない平和希求国家か、不信や無謀な野望から抜け切れない国家に分かれましたが、後者も、いつまでも世界中を敵に回し続けるほどの無謀さとは無縁でした。それに、自国以外の国が日を追って身軽になっていく様子を見聞きするのですから。

そうやって、世界防衛軍の当初の主目的は達成しましたが、戦争の可能性が完全消滅したわけではありません。この点、私たちはまだ脱皮半ばにあるのです。それでも各国自前の軍備は不要になり、核兵器は廃絶に成功し、無用の緊張は劇的に和らぎました。

核兵器は廃絶できます。ただし、私たちの場合、廃絶は各国の軍備競争による緊張構造の下では絶望的なまでに不可能なことでした。向き合った力同士の緊張は危険で退《ひ》くに退けず疲弊します。向き合うのではなく、ともに一つの方向を見つめるとき不可能が可能になります。

理想を掲げるだけでは足りません。理想を嘲《あざ》笑い軍備競争を止《と》めないのなら無責任です。核兵器が待ち受ける世界では、何時《いつ》すべてが終わってもおかしくありません。そこには、国の枠組みを超えて、英断し結束することが絶対必要なのです。

私たちの世界防衛軍は今、世界各地で発生する大きな災害対策・救助・復興のための部隊としても大きな役割を果たしています。また、宇宙からの脅威にも対応できるよう真剣に研究が進められていて、その実行部隊としての役割も期待されています。

「コッコ。また今入ったお便りです。亜空間ネーム『戦争で穴掘り四苦八苦・3』さん」

◇要するに、あなたの星では住人の大半が単純で、みんなして平和ボケだから、戦争がなくなり核兵器も廃絶できた。違いますか？　私たちの星では絶対に無理ですね。社会は甚《はなは》だ複雑で私たちも高度に複雑だし、ほぼ誰にも打算的で冷酷な部分がありますから。
◆確かに私たちは単純ですが、単純だから戦争がなくせたとは思いません。それは、平和を願う本気度の問題です。私たちは恒久平和を願っています。今の自国や民族が勝ち抜けばいい平和ではなくて、世界中のずっと続く平和を本気で願っているんです。
だから、憎しみの連鎖は断ち切らねばならないのです。銃には銃、軍備には軍備、核兵器には核兵器という考えは克服せねばと思うのです。特に、核兵器は局所ではすまない、一時的ではすまない、あらゆる生命の、この星全体の壊滅的結末を秘めているのですから。
人にはずるさや冷たい部分もあるでしょう。そうやって人は憎しみの毒針から自分を守ろうとしているのです。子ども時代に形成された性格は一生不変ともいわれます。しかし、周りの環境次第で人の性格も考え方も変わっていきます。世界は変えられるのです。

「コッコ。また今入ったお便りです。亜空間ネーム『戦争で穴掘り四苦八苦・4』さん」

◇私も戦争のない世界、余計な苦しみのない世界を心から望む者です。だからここまで空想話に辛抱強く付き合いました。危うく感心しかけた部分もありましたが、「貨幣経済からの脱却」やら「世界防衛軍」やら、夢のまた夢のような話には全く頷《うなず》けません。
こんな現実離れしたことがないと戦争のない世界も来ないのかと思うと、絶望的な気分にさえなります。我が星の人々なら開き直ってもっとひどい状態になるのではないか、過激で急進的な人々が無茶をするのではないかと懸念もします。どう思われますか?

◆私たちのやり方が唯一の正解などとは私も思いません。どの星のどなたか存じませんが、あなたの星の皆さんは私たちほど単純ではないのでしょう。であれば、あなた方にはその実情に合ったもっと賢明なやり方があるに違いありません。そう、私たちは叩《たた》き台に過ぎないのです。叩き台にもならないとお感じなら打ち捨てていただいてかまいません。

それでも、どうか、目指すべき文明については、よく考えていただきたいのです。

私たちは、自分たち人間のことを「文明人」と称し、「万物の霊長」とも称し、この星に君臨してきました。では、その文明とは何でしょう？　文明は、国の政治や社会の制度が発展し、物や技術などが発展し、生活が便利に豊かになることでありましょう。ですが、それは文明の言わば花の部分です。花は美しくも弱いものです。私たちは不完全で不可解な命を否定するのではなく命をあるがままに肯定し、できる限り共生する世界を目指しています。その方向性が逞《たくま》しい根や茎や葉となり文明の花を咲かすのだと信じて。

私は、137ページで「ここに道理がはじかれ不条理がまかり通る理由がある」と述べました。しかし、それはまだ表面的で経済的な理由に過ぎません。その根底に命の否定があるのです。原発推進の背後にも、武器輸出の背後にも、命の否定があるのです。

不幸な指導者や経営者は「私は命を否定する」とは言いません。立派なことを笑顔で自信たっぷり（なよう）に語ります。しかし、命への冷淡は隠し通せません。守ろうとしている命は自分と自分に近い者だけです。その他大勢の命は抽象的な命に過ぎません。

国家への忠誠強要の背後にも、命の否定があります。民族を誇り国家を守ろうと主張する一方で、その犠牲となる命を簡単に切り捨てます。言論の自由を封殺しようとする動きの背後にも、命の否定があります。

すべては国家を守るため？　しかし、命を否定する国家には本物の自由も成長も喜びも乏しく、その分、国民には不信や憎しみが漂い続けるのです。戦争の火種はカーテンの裏でくすぶり続けるのです。

人は、互いの弱さや不完全さを許し合うことも必要です。その一方で権力や権限を握る者の不正不義や横暴に対して正義の怒りを忘れてはいけません。あなた方は不幸な指導者や経営者の雄弁にも行動力にも振り回され続けてはいけません。目先の仕事や勉強や生活に追われ本当に肝心なことは自分で考えない従順な僕《しもべ》にされてはいけません。

指導者や経営者自身も学習し経験してきたことが何であろうと、歪《ゆが》んだ「信念」に囚《とら》われ続けてはいけません。自分の中の生命の声に「嘘」をつき続けてはいけません。

今、どんな「文明」社会であるべきなのか、10年後、50年後、さらにその先の未来は、どうあってほしいのか、そこのところを誰もがよく考えて行動していただきたいのです。

「コッコ。また今入ったお便り、『ポチ』からです。ワオ」

◇やあ、タマちゃん。めちゃがんばってんね。今度、一緒に遊ぼな。

ところで、変なおっちゃん。ちぃちゃんの質問は結局どうなったんですか？

それから、ポチの住む地球の人間様たちは、「そうは言ってもねえ。さあ、明日も仕事、仕事。もう寝とかんと」と言って、今の生活をちっとも変えんとポチは思います。命が大切とちょっとは思い直してみても、やっぱり切実なのは今とこれからのお金やと思います。税金も保険もなくならんと思います。こんなんで株を手放さんと思います。世界防衛軍なんて笑われるだけやと思います。そんな単純じゃないと思います。なんかわからんねんけど、こんぽんてきに無理があるんとちゃいますか?

◆ポチ、それでもいいんだよ。初めて二足歩行したサルは仲間外れにされたかもしれないし、初めて傘を作ってみた人は皆にからかわれたかもしれない。奴隷制度廃止を訴えた人たちは「できるわけない」と相手にされなかったかもしれない。

私たちは迷走している星に、苦しんでいる人々に、不様《ぶざま》でもいいから一石を投じたいんだ。迷走するわけは目的地とその道筋が靄《もや》に包まれているからなんだ。目的地が少しでも見えていれば、たとえ、穴ぼこだらけの細道でも、人は道を拓《ひら》きながら目的地を目指せるだろう。その途上で視界も開けてくるだろう。貧困も病気も戦争もない世界の視界がね。

ちぃちゃんの問いに正解はなくても私たちの答えならあるよ。とても単純な答えなんだ。単純すぎて人は気づきたくないんだ。命は尊い。私たちは、命あってこその喜びがあり、本能的に命が掛け替えのないことを知っている。私たちは皆、生きようとし子孫を残そうとする。

けれど、生命は不安だらけで、素直に命が尊いと感じられないことも次々起こるから、その不安を「力」で克服しようとして、そこに悪も発生する。だから、命が尊いという思いを見失わないことが大切なんだ。

ところで、生の不安は「力」で克服できるものではない。それは、お互いの命の自由と成長を願い尊重すること…「愛」で和らぐものなんだ。

恒星《こうせい》は自らの熱エネルギーで輝く。この奇跡の惑星は私たちが愛を実現していくことで、眼には見えない美しい輝きを銀河に放つ。それは、くだらない幻想だろうか。

この先ますます、さまざまな技術や社会の仕組みが発達していくだろう。そこにはなるべく愛と認識が伴わなければならない。この認識とは命や労働のあるべき姿を探求し少しずつでも具現していくことなんだ。

たとえ、正解に辿《たど》り着けなくても、その態度や過程が正解に匹敵するくらい大事なんだ。

ポチの周りにもきっと、軍備増強を主張する人と、あくまで平和的手段を主張する人がいるだろう。どっちも自分たちの命を守ろうとしている。前者は主に「力」で、後者は主に「愛」で。どっちが悪いわけじゃない。どっちも誰も、いくらか、命と愛への信頼が足りないんだ。

私たちは武器で戦争しお金で競争しながら幸福を追求してきた。しかし、私たちはカニを捕食するタコの延長のままでいいのか。今こそ私たちが一丸となるべき相手は、私たちが作り出した脅威と、私たちの惑星に宇宙から迫り来る脅威ではないか。

向上しようとする意志こそが人間の証《あか》しではないか。

●循環センター

「やれやれ、タマ子、やっと循環センターに着いたぞ」

「もう、へとへとです。コーコ」

「そうか。よくがんばったな。実は私もへとへとなんだ。いつもは口数少ない紳士なのに一気にしゃべったからかな。次のコミバスに乗って帰ろうか」

「何しに来たんですか？　コーコ」

「何だっけ？」

「何かおいしいものを食べられるのではなかったかと、コッコ」

「よし、じゃあ、ここの名物、『プチプチコーン』をいただこうか。タマ子、お姉さんに自分で注文してごらん」

「プチプチコーンのSサイズとLサイズ、一つずつください、ココッコ」

「はい、どうぞ。お利口なニワトリちゃんね」

「ありがとう。でも今日は疲れているのでサイン会はありません。コッコ」

「Sサイズとは、タマ子にしては控えめだな」

「タマ子のはLサイズです。コッコ」

「やっぱりそうか」

「ココココ、おいしーい、ココココ。たまりませんね、この食感」

「タマ子、思い出した。循環センターのことを紹介するんだった」

「はい。どうぞ、がんばってください。何ならSサイズもお任せください、コッコ」

「皆さん、ここが循環センターです。再生品を中心に扱う大型のホームセンターのようなところです。リサイクルショップを超大規模にして、お金のやり取りが一切ないところを想像していただいてもかまいません。

取扱品は、あらゆる家電製品、ガス器具、事務機器、コンピュータ、ロボット、家具、本、教材、楽器、衣服、店舗用品、自転車など、他にも、ない物がないくらい多岐に渡ります。自動車や家や店舗やオフィスさえも取り扱います。

循環センターは、限りある資源を一点一点の製品を本気で大切にしようとする中で誕生しました。何かの理由で不要になった製品を自分で持ち込んだり、依頼して取りに来てもらったりします。そのまま使える物はクリーニングして展示し、修理して再利用できる物はここで修理してから展示します。各分野のプロがここには集結しています。再利用困難な物はできるだけ部品取りをしてからゴミ処理施設に搬送されます。

人口規模でいうと、約10万人ごとに一つの循環センターがあります。私たちの町は大きな町ではありませんが、広い土地があり、街道の便の良さから、ここに循環センターができました。展示品はネット上にもアップされます。だから、全国各地から、物によっては、海外からも利用することができます。

脱皮前にもリサイクルの仕組みはありました。ネットオークションもありました。私たちの循環センターが決定的に違うのは、そこに一切、お金がからまないということです。ただで入ってきて、ただで再生され、ただで出て行くのです。査定も見積もりもありません。修理代も代金も手数料も送料も発生しません。

脱皮前には、製品の保証が切れた頃に壊れたり、修理代が新品の値段より高くついたりして、人々は簡単に物を捨てていました。次々と最新モデルが発売され買い替えが推奨されましたが、買い替えで不要になった製品をリサイクルやオークションに出すには、お金のやり取りを含む手続きの煩《わずら》わしさもありました。そういうことが、ここ循環センターにはありません。

誤解のないように言っておかねばなりません。私たちは再生品だけでやっていこうとしたのではありません。それは、社会全体では物理的に困難なことです。私たちは、安全で便利で質の高い新製品を積極的に開発し活用しています。物の作り手としての私たちは、いい物を作り、消費者としての私たちは、新製品を取り入れながら再生品もなるべく無駄にせず再活用しようとしたのです。そこに循環センターがぴったり嵌《は》まったのです。

『新品と中古があって両方ただなら新品取らなきゃ損ですわ、オホホ』と、あなたは言われるかもしれません。無理もありません。それは、あなたが力比べの世界にどっぷり浸かっているからです。

しかし、脱皮後の世界では、誰にも富の恩恵が十分にあり、資源や製品の大切さを思う余裕もあり、『これは（今回は）必ずしも新品でなくてもいい』というふうに脱力して考えられるので、バランスのよい選択が可能なのです。

たとえば、学生や新社会人としての一人暮らしでは再生品からスタートするとか、事業を最初は再生品でスタートするとか、3年後に転居予定でそれまで再生品でつなぐとか。それに、再生品といっても物自体がいいし、新品同様で何度も再生が効くのです。

私たちは、いい物を作ります。誇りを持っていい物を作り提供します。どんな製品も、家と同じで、『丈夫で長持ち』が基本です。底上げして立派に見せかけません。次の再購入につなげるために、壊れやすく、または消耗しやすくしておく必要もありません。優れた丁寧な物作りにはロボットだけでなく人の温かいハートが欠かせません。だから今もあらゆる製造分野で人の仕事はなくなりません。

循環センターは、職業訓練と就職支援の場でもあります。どんな人でも、自分の希望を伝え簡単な適正検査を経て、各種の研修訓練を受けられます。入学金、受講料、教材費…、一切の費用は不要です。それは各教育機関と競合し合うものではなく補完し合うものです。各地の循環センターにすべての職業分野があるわけではなく、特殊な分野ほど近隣の循環センター間で分担します。訓練にパスすれば、条件に合う職場が紹介され就職することも起業することも自由です。起業に必要な設備や物は、なるべく循環センターで調達してスタートします。

循環センターでは、ペットも取り扱います。もちろん、ペットは物ではありませんが、やむを得ず飼えなくなったペットも、ペット紹介所で残ったペットも、ここで資格を持ったプロに手厚くケアされて新しい飼い主を待ちます。ほとんどすぐに新しい飼い主が決まります。それでも決まらない子はここで余生を送ります。名ばかりではない殺処分ゼロがここでは可能なのです。

私たちは、なるべく、命を大切にし、物も大切にします。命を大切にするということは命に執着するということとは違います。同様に、物を大切にするということは、物に執着するということとは違います。たとえば、私たちは自転車でも車でも、メンテナンスしてなるべく大切に使いますが、ちょっとくらい傷ついたからといって大騒ぎはしません。

脱皮前には、わずかな擦《こす》り傷を巡ってドライバー同士が罵《のの》り合う光景がよくありました。お金の損得がからむからです。しかし、物は物なのです。命あっての物なのです。お互いの命の存在こそが大事だと思うのです。脱皮後の今なら、傷はただで直せるのですが。

みなさん、残念ながら、ここでフィルム切れです。私も体力切れです。体中の骨と神経が悲鳴を上げています。なぜか、ほんの数時間前のことが数年も経ったような感覚です。だから、私はすべてを語るのではなく、後はご想像とご創造にお任せしたいと思います。

では、みなさん、ご機嫌よう。変なこと言ってすみませんでした。（そんなに変かな？）

タマ子、帰るぞ」

「はい。みなさん、大変失礼しました。コッコ」

6 付け足し

それから月は、大気圏突入に失敗していました。肝心なところでまた集中力が足りず、打ちどころ悪く記憶も飛んでしまい、ちぃちゃんのために地球に来ようとしていたことも忘れてしまいました。

そして、どうにか着地した土地で、何が何だかわからず、世の中の普通や常識にもなじめず、悶々《もんもん》としてさまよいました。

月はどんな仕事でも自分なりに精一杯がんばりましたが、集中力が続かず簡単にだまされ罵《ば》倒《とう》もされました。それなのに、そんなことでは涙の一滴すらも出ませんでした。天性の鈍感さに加え、地球で一つの命を生きて世界を知ることのできる驚きに圧倒されていたのかもしれません。

それでも、とうとう月の体にも限界がやってきました。失業し、税金や保険料の督促状やら、公共料金値上げのお知らせが続けざまに届きました。支払いを済ませ無一文になり寒空の下に追い出された月は、残された時間で何が残せるか考えてみました。

「伝えたいことがあるんだけど、どうやって表現したらいいんだろう？　どうしたら届くんだろう？　どうしたら…」

しかし、思いとは裏腹に、月は帰らなければならない気がしてきました。

「でもどこに帰るんだろう？　もう帰る部屋もないのに」

見上げると、遥か上空に美しい満月がありました。月の体はだんだん軽くなっていきました。いよいよ体が地面から離れそうになったとき、すっかり大人になったちぃちゃんが夜勤を抜け出して駆けつけてくれました。それが誰なのか、月はすぐに、込み上げるようにわかりました。ちぃちゃんは何かを持っていました。

「お月さん、月に帰るん？」

「そうみたいです、どうやら」

「私も連れてってくれへん？　私、ここにおっても、苦しいことだらけやし、どうせ一人やし、あかん？」

月は地面すれすれで、よろめきながらも決然として断りました。

「ちぃちゃん、来たらあかんで」

「それ、私が前に、お月さんに言うたな」

「ちぃちゃん、月は本物の命が生き続けられるところではないんです。月には空気も水も花の一輪もありません。それに、月には悲しみもない代わり喜びもありません。悪事もない代わり正義もなく、音楽もドラマもドタバタもないんです」

「それは、たまらんやろな。私、他はなくてもドタバタだけはあってほしいし」

「地球も人間も不完全かもしれません。でも、不完全なものには、自由や成長を願い夢を実現していくことができます。それは、不完全という完全です。それは、楽園のお花畑を軽やかに舞い歌う天使には、できないことなんです。

ちぃちゃん、どこかに楽園はあると思いますか？」

「さあ、どうなんやろな？」

「楽園は遠い時空の先にあるのかもしれません。だけど、この世界を生きてこそ楽園なんです。転んでばかりいた月が偉そうに言えませんが、生きて誰かのために自分にできる限りのことをすればいいんです。立派なことでなくてもいいんです。たとえ動けない痛い体になっても真っすぐ最後まで生き抜く姿だけでもいいんです。

人には知られなくても小さな真っ当が積み重ねられるたび、そこに準楽園があるんです。生命の声は喜び、宇宙は秘《ひそ》かに呼応しています。ちぃちゃんは何となく感じていましたよね。一人ひとりの準楽園がつながり広がり行けば、そこに楽園があるでしょう。不完全だからこそ尊い楽園が。

僕のねえちゃんがこんなことを言っていました。

『人の子は皆、楽園からやって来ます。人の子は地球に生まれる前、月に立ち寄ります。

月の女神《ルナ》（私じゃないですよ）は、人の子にそっと手をかざして楽園の記憶を消します。そうしないと、その子にとって現実世界はあまりに過酷になるから。しかし、月の女神は全能ではないので楽園の記憶は完全には消えません。地球に生きて自我が芽生え始めると、人は現実世界に苦痛を感じるようになります。それでも大人になるにつれ、世の中の矛盾や理不尽が多少気になっても、仕方ないことと自分を納得させます。自分が親になると、世の中がどれほど捩《ねじ》れていても、自分の子どもたちをそこに適応させようとします。

ところが中には楽園とは知らずその強い郷愁に包まれる子がいます。その子は現実世界の愛の希薄に戸惑い敏感に反応します。大人になっても何度でも、正義の思いと反抗心が混ざり合って世の中の普通とぶつかります。ちぃちゃんもまた、その一人なのでしょう。

しかし、真・善・美と呼ばれるものは、そんなところで少しずつ彫り起こされ、この世に姿を現して行きます。

人は、人に愛されて人や世界を愛せる人になります。憎しみにさらされ続けると、自分を守るため人や社会を憎んでしまうことがあります。たいていの犯罪や争いもそこから発生します。けれど、憎しみの中にあってもなお人を世界を愛する心には平安が宿り、その思いと行動が愛ある世界を引き寄せるのです。

苦しみは止まないかもしれません。それでも、それぞれのあなたは尊い唯一の存在なんです。それと同時に、すべての存在は本来、時空を超え生死を越え天でつながっています。だから無意味な苦しみなんかないんです。

蟻《あり》一匹が知る地球の地面ほどにも、人は宇宙のほんの少しのことしかわかっていません。なのに、どうして、天にあって地上の人を待つ真・善・美を否定できるでしょう。どうかなるべく、しなやかに生き抜いてくださいね』

僕もまあだいたい同じです、ちぃちゃん。辛いときでも嬉しいことがあったときでも、気が向けば、天を見上げるか思い浮かべてください。きっと誰かも見上げています。ボォーとしてなかったら月だって。それにね、ちぃちゃん。ちぃちゃんの願いに似た点々と点《とも》る思いは、やがて静かに強く結ばれて行くかもしれませんよ」

「お月さん、ありがとう。お月さんのひとりごと、私にはずーっと聞こえとったで。これ、一つ持って帰ってな。玉手箱とちゃうから途中で開けてもええからな」

いたずらっぽく笑って、もう二言《ふたこと》三言《みこと》発しながら手を振るちぃちゃんの姿は、だんだん下方に小さくなっていきました。そこには『月から一石』と書いてありました。

つきからいっせき…華のない変なタイトルに戸惑いながら、月は紡《つむ》がれたことばを追ってみました。

そこには人間の愚かさや苦渋とともに、そこならでは輝く小さな光明《こうみょう》がありました。そこには月のありったけがありました。月にとってはありったけでも、何か余計で何か足りないような気もしました。月にはわからないその何かは人の頬《ほお》をつたう涙や汗に託されているのでしょう。月はまた一つ、地球と人間がうらやましくなりました。何があってもいつまでも、一人ひとりの人間を信じていたいと思いました。そして、最後の行には次の文字たちがそっと並んでいました。

すべてが愛を必要とする

この作品はフィクションです。実在する人物、動物、星、国、団体などとは、あまり関係ありません。しかし、作品の根源的な問いは、そのすべてに大いに関係あります。

桑田　泰秀（くわた　やすひで）

1958年、兵庫県生まれ。兵庫県立佐用高校卒。上智大学文学部哲学科中退。
汎用コンピュータのセンターオペレーター、プログラマー、SE、外資系インテリアデザインソフトの国内担当を経て、2008年よりフリーランスのIT技術者（技術翻訳、3Dデータ作成、WEBページ作成、マニュアル作成など）。

月から一石

2020年9月15日　第1刷発行©

著　者――桑田 泰秀
発行者――久保 則之
発行所――あけび書房株式会社
102-0073　東京都千代田区九段北1-9-5
☎03.3234.2571　Fax 03.3234.2609
akebi@s.email.ne.jp　http://www.akebi.co.jp

組版・印刷・製本／モリモト印刷　ISBN978-4-87154-182-4　C0095

あけび書房の本

住民とともに歩む共産党員町長14年のドラマ

南光町奮戦記

山田兼三著　誰もが自由にモノが言える町、民主主義と住民の暮らしを守る町。それを貫き、町民の圧倒的支持を得て町長を続ける著者が自ら綴る奮戦記。住民の勇気と良識が輝く町です。著名人多数が推薦。

1667円

続・南光町奮戦記

「住民が主人公」を貫く町

山田兼三著　連続7期の当選を果たし、全国で最長の共産党員首長の著者が、「住民が主人公」の町づくりのドラマと、今後の展望をあたたかな筆致で綴る。政党政派を超えての町長への支持のワケが分かります。

1600円

強制疎開死3600人の真相に迫る

沖縄「戦争マラリア」

大矢英代著　日本で唯一の地上戦が起きた沖縄。だが、戦闘がなかった八重山諸島で多くの住民が死んだ。何故？　そこには日本陸軍のおぞましい本質が…。10年もの徹底取材による渾身ルポ。山本美香記念国際ジャーナリスト賞受賞の話題作。

1600円

格差、貧困、自己責任、「戦争論」

ロスジェネのすべて

雨宮処凛、倉橋耕平、貴戸理恵、木下光生、松本哉著　作家、研究者、活動家、いま気鋭の5人のロスジェネがロスジェネの過去・現在・未来を徹底的に語り合ったあまりにも刺激的な対話の記録。日本社会の実相が浮き彫りになります。

1600円

価格は本体

あけび書房の本

フェイクニュースに翻弄されない社会を目指して
ファクトチェック最前線
立岩陽一郎著　世界の趨勢はファクトチェック。急速に重要さを増すファクトチェック。世界での取り組みの広がりと、日本での始動を紹介し、ファクトチェックのすすめ方、ルールなどの実際を元NHK記者が分かりやすく記す画期的一冊。
1400円

徹底分析！　分かりやすさ抜群
ここまできた小選挙区制の弊害
上脇博之著　得票率50％未満の自公が議席「3分の2」を独占。そして膨大な死票、投票率低迷…。日本独特の高額供託金と理不尽な政党助成金…。選挙制度の専門家が日本の制度のトンデモなさを分かりやすく解明し、改善の道筋を提起。
1200円

ルポルタージュ■飽食時代の餓死
「福祉」が人を殺すとき
寺久保光良著　貧困が故の自殺、心中、そして、餓死・孤立死。欧米ではありえない、日本の酷すぎる生活保護行政。その実態と背景を鋭く告発する。大反響39刷りのベストセラー！　資料・行政文書を多数収録。
1600円

見えない障害を抱えて生きるということ
18歳のビッグバン
小林春彦著　18歳の春に「広範囲脳梗塞」で倒れ、外見からは困難が分からない「高次脳機能障害」という中途障害者となる。若き筆者は、「見えない障害」問題の啓発で東奔西走する。感動の一冊です。多くの誌紙で紹介。
1600円

価格は本体